다음 세대를 생각하는
인문교양 시리즈

왜 주인공은
모두 길을 떠날까?

옛이야기 속 집 떠난 소년들이
말하는 나 자신으로 살기

신동흔 지음

샘터

길 앞에 선 그대에게

가을바람이 무척 쌀쌀하네요. 괜히 마음이 허전해지는 계절이에요. (그대는 나와는 다른 계절에 이 글을 읽고 있을지도 모르겠습니다.)

여기 독일의 가을은 한국보다 몇 걸음 빨리 왔답니다. 8월 중순을 지나니까 더위가 가라앉으며 아주 서늘해지기 시작했지요.

날씨가 꽤 달라요. 아침저녁 기온과 낮 기온이 크게 다르지 않네요. 해가 더 중요한 것 같아요. 해가 나오면 쨍하고 덥다가 해가 구름으로 들어가면 금방 추워진답니다. 해는 하루에도 수십 번씩 나왔다 들어가기를 반복하곤 해요. 조금 전까지 맑던 날씨가 금세 어두워지면서 갑자기 비가 후드득 내리는 일에도 점차 익숙해지고 있답니다.

그래요. 저는 지금 독일에 와 있답니다. 카셀Kassel이라는 곳이에요. 널리 알려진 곳은 아니지요.

무작정 이곳으로 왔어요. 일가친척 아는 사람도 없고 한국학과도 없는 곳. 특별히 아름답거나 살기 좋다고 소문나지도 않은 곳.

누군가 왜 거기로 가느냐고 물으면, 선배님들 만나러 간다고 했지요. 잘 아는 선배님들. 하지만 그분들은 저를 알지 못해요. 벌써 세상을 떠난 지 100년이 훨씬 넘었거든요.

그대도 이름을 들어봤을지 몰라요. 그분들, 형제랍니다. 그림 형제. 독일 말로는 'Brüder Grimm'. 야콥 그림^{Jacob Grimm}과 빌헬름 그림^{Wilhelm Grimm} 두 분을 일컫는 말이에요. 예부터 전해 내려오는 이야기들을 수집하고 정리해서 책을 내신 분들이지요.

들어봤을 거예요. '그림 형제 동화', 또는 '그림 동화'. 개구리왕자, 백설공주, 라푼첼, 빨간 모자, 신데렐라…… 세계적으로 널리 알려진 수많은 이야기들이 그 책에 담겨 있지요.

어릴 적 생각이 나네요. '그림 동화'라고 돼 있는 책을 보면서 그림이 있어서 그림 동화인 줄 알았어요. 그런데 그림이 없는데도 그림 동화라 하는 것들이 있지 뭐예요. 어찌 된 일인가 했더니 '그림'이 사람 이름인 거예요. 좀 황당했었지요. 이름이 '그림'이라니!

옛날얘기 공부를 하면서 그분들을 다시 만나게 됐지요. 멀고 먼 나라에서 오래전에 생겨나 내려온 이야기들. 처음에는 낯설고 잘 이해가 되지 않았지만, 왠지 거부감이 드는 부분도 많았지만, 자꾸 보면서 결국 알게 됐어요. 그게 다 '진짜 이야기'들이라는 사실을. 이야기 하나하나가 생생하게 살아서 다가오기 시작하더군요.

그래서 이분들의 자취를 따라서 무작정 이렇게 독일로 왔답니다. 이리저리 헤매면서, 때로는 무심중에 얼간이 같은 행동도 많이 하면서, 이것저것 조금씩 배워 가고 있지요. (그런데, 그거 아나요? 이야기 주인공들이 원래 얼간이로 많이 불렸다는 사실!)

돌아보면 참 신기하고 믿기지 않아요. 지금 내가 이 먼 곳에 와서 이렇게 움직이고 있다는 사실이. 어릴 적에는 정말로 상상도 못 했던 일이지요. 그때는 서울만 하더라도 아주 아득한 곳이었거든요.

어린 시절 생각을 하면 정말로 꿈속의 일 같아요. 내가 태어나 자란 곳은 충청남도 당진의 작은 시골 마을이에요. 정말 시골이었지요. 전기도 없었어요. 전화는 물론이고요. 그럼 불은 뭘 켰느냐고요? 촛

불? 아니에요. 촛불은 귀해서 특별한 날에만 켰어요. 거의 등잔불을 켜고 살았지요. 손에 기름을 묻히면서 등잔불 심지를 맞추던 일이 참으로 아련합니다. 정말 내가 그랬었나 싶을 정도예요. 소를 두 마리씩 끌고서 풀을 먹이러 가던 일도요. 남들이 '에이, 정말로 그랬으려고!' 이렇게 말하면 나도 그 일이 사실이 아닌 것 같다는 생각이 들기도 한답니다.

날짜가 잊히지 않아요. 1974년 2월 10일이었지요. 그 시골에서 급작스레 서울로 전학 오던 날⋯⋯.

집 앞 정거장에서 급행 시외버스를 탔어요. 급행이라 해봤자 완행이 열 번 설 때 네댓 번 서는 정도였지요. 그 급행 버스 종점이 서울이었어요. 당진과 온양, 천안을 거쳐 수원으로 해서 서울로 오는, 아마 하루 한 번 있는 노선.

멀미도 꽤 했을 거예요. 그땐 차만 타면 멀미를 했거든요. 여섯 시간 동안 버스에 웅크리고 앉아 있다가 서울 영등포에 도착했을 때는 벌써 날이 어두워진 뒤였지요. 서울에 먼저 올라와 살던 형님이 기다렸다가 시내버스에 태우고 집으로 데려갔어요. 모든 게 낯설었지요. 정말로 모든 게.

국립묘지 뒷담 밑 흑석동 달동네……. 16통 2반이라는 주소도 잊히지 않네요. 거기 살면서 느꼈던 외로움과 절망감, 이걸 어찌 다 말할 수 있을지요! 이건 나중에 소설로 써야 해요.

하여튼 서울에 도착하던 날부터 암흑기가 시작됐지요. 지금 작은 시골 마을에 내려가 살고 있는 나한테 사람들이 언제부터 시골에 가서 살 생각을 했느냐고 물으면 이렇게 답하곤 한답니다. "응. 서울 올라오던 다음 날부터!"

서울에서 보낸 나의 10대는 한마디로 잿빛이었어요. 빨리 방학이 돼서 고향에 내려갈 날만 손꼽아 기다렸지요. 방학이 끝나고 다시 서울로 올라올 때면 마치 죽을 곳으로 가기라도 하는 듯 온몸에 힘이 쭉 빠졌어요. 그런 생활이 사춘기 내내 이어졌지요.

후회를 참 많이 했었어요. 그때 왜 서울로 올라왔을까 하고요. 안 가겠다고 버텼으면 이렇게 몸 고생 마음고생 안 하고 부모님 밑에서 편안히 살 수 있었을 텐데……. 부모님 곁에서 살 때 참 편안했거든요. 9남매의 막내아들이라 위함도 많이 받았어요.

그런데, 지금 돌아보면, 그게 아니었어요. 그렇게 떠나왔기에, 떠나와서 고생도 하고 고민과 절망도 많이 했기에 지금의 내가 있다는 사실을 실감하고 있답니다. 만약 그때 그대로 부모님 밑에서 내내 살았다면 아마도 몸만 커다란 어린아이로 남았을 거예요.

나이 들어 어른이 돼서도 여전히 어린아이로 남는다는 것. 써놓고 보니 뭔가 낭만적으로 보이기도 하지만 사실은 끔찍한 일이지요. 그건 스스로 제 삶을 못 산다는 말이기도 하니까요.

이야기가 길어졌네요.

돌아보면, 그 어린 시절의 길 떠남이 지금의 이 떠남으로 이어진 것임을 실감합니다. 그래요. 앞으로 또 다른 수많은 떠남이 있겠지요.

그 떠남들, 기꺼이 받아들일 생각이에요.

　낯선 곳으로 떠나는 일이란 귀찮고 고달픈 데가 많지요. 여기 독일에 오는 일만 해도 그랬지요. 잘하지도 못하는 외국어로 이리저리 정보를 알아보고, 이메일 보내서 초청장 받고, 비자 신청해서 받고, 살 집 구하고, 짐 챙겨서 싸고…… 이 모든 게 간단치 않아요. 말 그대로 '사서 고생'이지요. 그 나이에 뭐하러 그런 고생을 하느냐는 사람들도 있었지요. 아닌 게 아니라 중간에 힘든 일도 많았고, 여기 온 다음에도 '내가 왜 여기 와서 이러고 있나' 하는 생각이 들 때가 있었답니다.

　하지만, 떠남은 숙명이라고 믿고 있어요. 내가 오랫동안 공부해온, 내가 아주 사랑하는 옛이야기들이 언제나 그렇게 말하고 있거든요. 떠나라고, 떠나야 살 수 있다고. 머무는 건 죽음이라고……. 그 말 앞에서 나는 벗어날 수가 없어요. 왜냐하면 그건 '진실'이니까요.

　이제 지나온 길 돌아보면서 내가 만난 옛이야기들에 대한 이야기를 해볼까 합니다. 특별히 '길 떠남'에 관한 이야기를요. 우리는 왜 떠나야 하는지, 어떻게 떠나서 어떻게 움직여야 하는지에 대한 이야기가 되겠지요.

그 이야기 속에서 길이 보이게 될지는 잘 모르겠어요. 길은 어떻든 스스로 찾아야 하는 법이지요. 다만 지금 그대가 서 있는 곳을 돌아보고 그대의 길을 찾는 데 작은 암시라도 될 수 있다면 그것만으로도 뜻있는 일이 될 거라고 믿어 봅니다.

한 가지 분명한 사실은 그 이야기가 꽤 재미있을 거라는 점이에요. 먼 옛날부터 이어져 내려온, 완전 검증된 이야기들에 대한 이야기이니까요. 같은 값이라면 재미있는 여행이 좋지 않겠어요?

자, 그럼 함께 떠나 볼까요!

2014년 가을,
독일 카셀에서,
신동흔

| 차 례 |

1장

'떠남'으로
시작되는
이야기

옛이야기에 대한 이야기로 본격적으로 들어가기에 앞서 잠깐 준비 운동부터 할게요. 이야기의 기본 원리에 대한 약간의 공부, 괜찮겠지요? 배워 두면 나름 유익할 거예요. 요즘 세상이 이른바 '스토리텔링'의 시대이잖아요? 우리의 화두가 '길 떠남'이니까 이야기와 떠남의 관계에 대해서도 기본적인 윤곽을 미리 한번 가늠해 보면 좋겠지요. 먼 길을 떠나기에 앞서서 여행에 대한 기초 상식을 얻는 과정이라고 생각하면 되겠습니다. 어떤 여행이든 공부가 필요한 법이지요.

이야기를
특별하게 만드는
그 무엇

이야기(서사敍事, 스토리story)를 이루는 가장 기본적인 요소는 무엇일까요? 그건 아무래도 '사건'이라고 할 수 있습니다. 무언가 사건이 일어나야 이야기가 성립될 수 있을 테니까요. 문제는 어떤 사건이 이야기로서 힘을 낼 수 있는가 하는 점입니다. 잘 생각해 보면 이야기는 사건만으로 구성되지 않아요. 시간이나 공간이 주어져 있어야 하고, 또 행위의 주체가 필요하지요. 그러니까 '인물'과 '사건', '배경'이라는 세 요소가 어울려서 이야기의 기본 틀을 이루게 됩니다. 거칠게 말하자면, 일정한 배경 속에서 특정 인물(주체)에 의해 펼쳐지는 모종의 사건을 풀어내는 담화가 '이야기'라고 할 수 있습니다.

하지만 인물과 배경이 있고 사건이 제시된다고 해서 이야기가 성립

되는 것은 아니에요. 그것들이 지나치게 단순하거나 일상적이어서는 이야기가 성립되지 않지요. 펼쳐지는 사건에, 또는 인물이나 배경에 특별한 자질이 있어야 비로소 이야기로 힘을 낼 수가 있습니다. 예를 한 번 볼까요?

> 지난 몇 세기 동안 지구상에 수많은 사람들이 살다가 죽었다. 오늘날도 수많은 사람들이 살고 있다. 앞으로도 또 다른 수많은 사람들이 태어나 이 세상을 살게 될 것이다.

위 언술에는 인물과 배경, 사건이 없지 않습니다. '몇 세기'라는 긴 시간과 '지구상'이라는 드넓은 공간이 있고 '수많은 사람들'이라는 행위 주체가 있어요. 그리고 사람이 태어나서 삶을 영위하다가 죽는다고 하는 크나큰 사건이 담겨 있습니다. 하지만 이런 언술은 이야기가 될 수 없어요. 딱 봐도 아무런 느낌이 없잖아요? 내용이 지나치게 일반적이고 평범해서 특별한 점이 없기 때문입니다.

어떤 언술을 이야기로 살아나게끔 하는 특별한 자질이란 어떤 것일까요? 단적으로 말하면, 거기 사람들의 관심을 끌 만한 '낯섦'이 있어야 합니다. 그를 통해서 사람들의 정서적 반응, 그러니까 재미와 긴장, 감동과 놀라움 같은 것을 불러일으킬 수 있어야 하지요. 그러한 '낯섦', 또는 '특별함'은 인물과 사건, 배경 같은 요소에서 다양한 형태로 설정될 수 있어요. 예컨대, '세상에 사람이 살다/죽다'라는 평범한 언술은 다음과 같은 방식으로 특별한 언술이 될 수 있습니다.

_마법사가 살다
_무인도에서 살다
_죽었다가 살아나다

위 언술들은 무척 단순한 것이지만, 특별한 요소를 갖추고 있어요. 마법사의 존재는 그 자체로 관심과 놀라움의 대상이 되면서 이어질 사건을 기대하게 하지요. 누군가가 무인도에 산다는 것 또한 마찬가지예요. 그가 어떤 반응을 보이면서 어떻게 생존해 나갈지에 대한 관심과 상상을 불러일으킵니다. 누군가 죽었다가 다시 살아났다는 것도 그래요. '그는 어떻게 살아난 걸까', '죽고 나서 어떤 일이 있었을까' 하는 식의 호기심을 일으키면서 사람들의 마음을 끌게 되지요.

이처럼 사람들의 관심을 이끌어 내면서 정서적 반응을 불러일으키는 이야기 요소들을 화소話素라고 합니다. 영어식 표현으로는 '모티프 motif'라고 하지요. 주로 '행동 동기'를 뜻하는 '모티브motive'하고는 조금 다르게 서사의 구성 요소를 일컫는 말이지요. 이야기를 만드는 데 있어서, 또한 이야기를 분석하는 데 있어서 기본이자 핵심이 되는 요소가 바로 이 모티프, 곧 '화소'라 할 수 있습니다. 여러 화소가 서로 연결됨으로써 하나의 이야기가 성립되지요. 다음과 같은 식으로요.

옛날 어느 나라에 무시무시한 힘을 가진 마법사가 있었다. 그 힘을 두려워한 사람들은 천신만고 끝에 그 마법사를 절해고도 무인도에 유폐시키는 데 성공했다. 마법사는 무인도를 벗어나려 발버둥을 치다가 끝내 숨을 거두고 말았다. 사람들은 세상에 대한 위협이 사라졌다고 안도했으나, 오산이었다. 마법사는 죽음의 세계에서 악한 힘의 단련을 받으며 더 무서운 존재로 거듭났다. 그가 자신을 쫓아낸 나라에 나타난 순간, 세상에 잿빛 어둠이 내렸다. ……

전에 한번 대충 만들어 본 것인데, 그리 잘 구성된 내용은 아니에요. 하지만 무언가 '이야기'가 되는 것 같지 않나요? 만약 그렇게 느껴진다면 그건 바로 특별함을 지닌 화소의 힘이라 할 수 있습니다.

오랜 세월을 거쳐서 이어져 온 옛이야기들은 예외 없이 특별한 화소들을 갖추고 있습니다. 화소들이 앞뒤가 꼭 맞게 적재적소에 배치돼서 재미와 긴장감을 일으키고 '의미'를 자아내지요. 거의 백 퍼센트 다 그렇다고 보면 됩니다. 그렇지 못하면 전승 과정에서 살아남을 수가 없으니까요. 그리 특별할 것이 없고 앞뒤가 안 맞아서 재미가 없는 이야기를 누가 말하고 들으려 하겠어요! (말하는 사람은 혹 있겠지만, 그걸 애써 듣고 기억해서 전할 사람은 없을 거예요. 나름 더 그럴싸하게 재

구성한 뒤라면 또 몰라도요.)

옛이야기를 구성하는 화소의 종류는 정말로, 정말로 다양합니다. 거의 무한하다고 해도 그르지 않아요. '변신變身; transformation'을 한번 예로 들어 볼까요? 누군가가 변신을 한다는 것은 단번에 흥미를 일으키는 전형적인 화소가 됩니다. 그런데 그 변신의 양상은 그야말로 무궁무진합니다. 사람의 변신을 보자면 그는 수많은 동물과 식물, 그리고 사물로 변신할 수 있지요. 호랑이, 뱀, 독수리, 메추리, 오리, 바나토끼…… 은행나무, 등나무, 백일홍, 며느리밥풀꽃…… 산, 바위, 모래알, 궁궐, 우물, 구슬…… 그야말로 한없이 나열할 수 있어요. 어디 사람뿐일까요? 동물이나 식물, 사물, 그리고 신神 등이 사람이나 또 다른 사물로 변신할 수 있습니다. 이 또한 그 양상이 무궁무진하지요.

또 변신의 방법이나 형태도 여러 가지예요. 일시적인 변신이 있는가 하면 영구적인 변신이 있고, 모두를 속이는 완벽한 변신이 있는가 하면 불완전한 변신도 많지요. 스스로 변신하는 경우가 있는가 하면 타자에 의해서, 예컨대 신이나 마녀의 힘에 의해서 변신을 당하기도 합니다. 그 모든 경우 하나하나가 서로 다른 화소가 되는 것이지요.

세계의 옛이야기에 나타나는 다양한 화소의 목록은 일찍이 톰슨 Stith Thompson이라는 학자에 의해서 방대한 《화소색인Motif Index of Folk Literature》으로 정리된 적이 있어요. 목록만으로 수천 쪽 분량의 책을 이룰 만큼 옛이야기의 화소는 정말로 다양합니다. 그 화소들이 서로 조합

돼서 이루어지는 옛이야기의 세계는 또 얼마나 다양하겠어요. 얼핏 보면 비슷해서 그게 그것처럼 보일지 모르지만, 이는 착각입니다. 다 차이가 있고 자기 세계가 있지요. 들여다볼수록 광활하고 또 신비한 것이 옛이야기의 세계입니다. 비유하자면 옛이야기는 무언가가 끝없이 쏟아져 나오는 '화수분' 같은 존재라 할 수 있습니다.

하지만, 특이한 화소를 많이 동원해서 이리저리 조합한다고 훌륭한 이야기가 되는 것은 아니에요. 상황에 어울려야 하고 앞뒤가 제대로 맞아떨어져야 하지요. 복잡하고 어수선한 것보다 단순하면서도 강한 인상으로 각인되는 것이 더 효과적일 수 있어요. 실제로 수많은 옛이야기들이 그렇게 구성되어 있지요. 얼핏 단순해 보인다고 해서 격이 낮은 것이라고 치부한다면 착각도 아주 큰 착각이라 할 수 있습니다. 몇백 년, 또는 몇천 년을 이어 온 세월의 힘이란 절대 그리 가벼운 것이 아니지요.

옛이야기와
'길 떠남'

앞서 '사건'이 이야기를 이루는 기본 요소라 했지요. 옛이야기 화소 가운데는 인물이나 배경에 대한 것도 많지만 사건과 관련된 것들이 특히 많습니다. 앞서 예로 든 '변신'도 기본적으로 사건과 관련되는 화소라 할 수 있지요. 어떤 멀쩡한 사람이 뱀으로 변한다면 그 자체가 하나의 '사건'이 아니겠어요?

'변신'의 예에서 잘 볼 수 있듯이 사건은 기본적으로 일정한 '변화'를 필요로 합니다. 어떤 사건이 벌어졌다는 건 모종의 변화가 일어났다는 것을 의미합니다. 하나의 특별한 변화가 발생하는 순간, 그렇게 사건이 발생하는 순간 이야기는 비로소 시작되는 것이라 할 수 있지요.

옛이야기의 도입은 대개 다음과 같은 방식으로 이루어집니다.

왜 주인공은 모두 길을 떠날까?

_옛날에 어떤 가난한 사람이 살고 있었다.

_옛날 한 작은 마을에 가난한 형제가 살고 있었다.

_옛날 옛적 호랑이 담배 피우던 시절에 작은 마을 금방 쓰러질 듯한 오두막집에 삼 형제가 살고 있었다.

표현은 좀 다르지만 이렇게 시공간 배경이 제시되고 인물이 제시되는 게 보통이지요. 하지만 아직 본격적으로 이야기가 시작된 것은 아닙니다. 시작을 위한 준비 단계라고나 할까요? 저 상황에서 무언가 특별한 일이, 어떤 '변화'가 일어날 때 이야기가 진짜로 시작되는 거지요.

그 변화란 다른 말로 하면 '움직임'이라고 할 수 있습니다. 움직임은 변화의 핵심 요소이지요. 무의미한 움직임이 아니라 무언가 특별함이 있는 움직임이 곧 '변화'라고 할 수 있습니다. 그 움직임의 종류나 형태 또한 무궁무진한데, 한 가지 전형적이고 중요한 것으로 '공간 이동'을 들 수 있습니다. 누군가가 어디로 옮겨 감으로써, 누군가 찾아오거나 또는 떠나감으로써 의미 있는 변화가 발생합니다. 예를 들면 다음과 같은 식이지요.

❶ 어떤 심보 사나운 부자가 살고 있는데 그 집에 도승이 시주를 청하러 왔다.

❷ 어떤 형제가 가난하게 살고 있는데 어느 날 저녁 그 집에 암행어

사 박문수가 찾아왔다.

❸ 오두막집에서 가난하게 살던 삼 형제가 이래서는 안 되겠다 싶어서 무작정 길을 떠났다.

❹ 적막한 들에서 이름도 없이 살던 오늘이가 부모가 원천강에 있다는 말을 듣고 원천강으로 길을 떠났다.

앞의 둘은 누군가가 찾아온 경우이고 뒤의 둘은 누군가가 길을 떠난 경우입니다. 형태는 다르지만 다 '공간 이동'이라는 요소를 지니고 있지요. 이 중 더 적극적인 것은 뒤쪽, 곧 ❸과 ❹라 할 수 있습니다. 사람들이 사는 곳에 누군가가 찾아오는 일은 흔히 있는 일이지요. 무언가 남다른 존재가 찾아와 특별한 일을 행할 때 비로소 '사건'이 성립될 수 있습니다. '도승'이나 '암행어사'처럼 말이지요. 하지만 '떠남'은 좀 다릅니다. 특별한 인물이 아닌 평범한 인물이라 하더라도, 그러니까 적막한 들에서 살던 소녀가 아니라 평범한 삼 형제라 하더라도, 길을 떠나서 지금까지와 다른 낯선 세상으로 발을 디디면 그 자체로 큰 사건의 시작이 됩니다. 세상은 넓고 겪게 될 일은 많으니까요. 좀 과장해서 말하면, '무엇 하나 새롭고 특별하지 않은 것이 없다'고 할 수 있지요.

이제 이야기에서 '길 떠남'이 중요한 화소가 된다는 사실을 이해할 수 있겠지요? 그럼 이제 길 떠남의 다양한 양상을 한번 짚어 볼까요? '길 떠남' 또한 '변신' 못지않게 그 종류와 형태가 무척 다양하거든요.

왜 주인공은 모두 길을 떠날까?

❺ 어떤 영리한 농부의 딸이 왕의 부름을 받고서 궁궐로 향했다.

❻ 어떤 가난한 삼 형제가 아버지한테 유물로 받은 지팡이와 맷돌, 장구를 하나씩 나눠 가지고 길을 떠났다.

❼ 어떤 가난한 머슴 총각이 서천서역에 가면 자기 복을 찾을 수 있다는 말을 듣고 서천서역을 찾아 길을 떠났다.

❽ 입술이 피처럼 붉고 피부가 눈처럼 하얀 공주가 그녀의 미모를 시기한 계모에 의해 깊은 숲 속에 홀로 버려졌다.

❾ 아랫목에서 밥 먹고 윗목에서 똥 누던 게으른 아들이 어머니 성화에 못 이겨 새끼 서 발만 챙겨 들고 서울을 향해 길을 나섰다.

실제 옛이야기들에 있는 예들이에요. 어때요? 다 비슷비슷한가요? 그래요. 집을 떠나서 바깥세상으로 간다는 면에서 공통점이 있지요. 하지만 잘 보면 떠남의 양상이 조금씩 다르다는 것을 발견할 수 있습니다. ❺는 영리한 인물, ❻과 ❼은 가난한 인물, ❽은 예쁜 인물, ❾는 게으른 인물, 이런 식으로 떠나는 주체의 성격이 다릅니다. ❺와 ❽은 주체가 여성이고 나머지는 남성이라는 차이도 있지요. ❻은 다른 예들과 달리 혼자가 아닌 세 명이 함께 길을 떠난다는 특징을 지니고 있습니다. 옮겨 가는 장소도 다릅니다. ❻처럼 막연히 세상으로 나가는 경우도 있지만 ❺는 궁궐, ❼은 서천서역, ❽은 숲 속, ❾는 서울, 이런 식으로 구체화되기도 합니다. 또 어떤 차이가 있을까요? ❻과 ❼은 자발적으로 길을 나선 데 비해서 ❺와 ❽, ❾의 경우는 타의로 길을 떠난 쪽에 가깝습니다. 특히 ❽의 경우는 강제적인 옮겨짐이었지요. 잘 보면 ❻과 ❼, 그리고 ❺와 ❾ 사이에도 미묘한 차이가 있습니다.

얼핏 별 게 아닌 차이처럼 보일지 모르지만 그렇지 않습니다. 이러한 차이는 뒤에 벌어질 사건의 양상에, 그리고 그를 통해 발생될 의미에 중요한 차이를 가져오게 됩니다. 그렇지 않겠어요? 예를 들자면, 스스로 결심해서 떠난 여행과 할 수 없이 떠난 여행이 같은 의미를 가질 수는 없을 테니까 말이지요.

얘기가 좀 복잡해진 것 같으니 잠깐 요약해 보기로 할게요. 다음은 길 떠남의 종류와 형태를 몇 가지 중요한 기준에 따라 정리해 본 것입니다.

_누가 떠나는가?

남자/여자, 아이/어른, 가난뱅이/부자, 바보/영리한 사람/……

_혼자 떠나는가 함께 떠나는가?

혼자/둘/셋/여섯/일곱/아홉/더 많이

_무엇을 가지고 떠나는가?

맨몸으로/동물을 데리고/각종 사물을 가지고

_어디에서 출발하는가?

집(시골/도시/궁궐 등)/들/숲/바다/하늘/……

_어디로 떠나는가?

왜 주인공은 모두 길을 떠날까?

다른 마을/들/산/도시/궁궐/별세계(하늘/지하/서천서역 등)/……

_자의로 떠나는가 타의로 떠나는가?

자의/자의 반 타의 반/타의(명령/강제)

_무엇을 위해 떠나는가?

그냥/복을 찾아/성공을 위해/짝을 찾아/부모를 찾아/특별한 물건
(보물/약초/생명수 등)을 찾아/삶의 의미를 찾아/……

_떠나서 무엇을 만나고 어떤 일을 겪는가?

……………………

옛이야기 속의 길 떠남은 이렇게 다양합니다. 이들이 서로 어떻게
조합되는가에 따라서 무궁무진한 이야기가 만들어지지요. 생각해 보면
이는 단지 이야기만 그런 것이 아니라 실제의 삶이 그렇기도 합니다.
삶에서의 길 떠남은 정말 다양하면서도 흥미진진하잖아요? 아마 사람
들이 주고받는 이야기 가운데 '여행 이야기'가 빠진다면 세상은 훨씬 무
미건조해질 게 분명합니다. 이야기도 마찬가지예요. 주인공이 낯선 곳
으로 길을 떠나면서 벌어지는 수많은 우여곡절과 만나는 일은 옛이야
기에서 얻을 수 있는 가장 큰 즐거움 가운데 하나지요.

자, 이제 어느 정도 준비가 되었나요? 누가 어디로 어떻게 길을 떠
나서 어떤 신기한 일들을 겪었는지, 빛나는 상징과 속 깊은 의미로 충
만한 그 무궁무진한 상상의 세계로 함께 길을 떠날 시간입니다.

2장.

두 개의 세상,
집과 숲 사이

앞서 오늘이가 적막한 들에서 원천강으로 길을 떠난 예를 잠깐 들었지요. 하지만 이는 드문 경우예요. 대개의 여행은 집에서 시작됩니다. 어찌 보면 이는 당연한 일입니다. 인생이라는 여행을 대개 집에서 시작하는 것이 사람들의 삶이니까요. 그 집을 벗어나서 나간 바깥세상, 갈 곳은 참 많기도 합니다. 그중 인상적인 곳 하나. 바로 '숲'입니다. 집을 떠난 주인공이 숲으로 들어가는 모습을 참 많이 보게 됩니다. 왜 숲인가 하면, 숲은 집과 선명히 대비되는 속성을 지니고 있거든요. 집과 숲의 상징을 풀어냄으로써 '길 떠남'이 지니는 기본적인 의미 맥락을 이해할 수 있지요. 자, 그럼 함께 숲을 향한 발걸음을 떼어 볼까요?

숲에 던져진 아이 1
백설공주

옛이야기에는, 특히 옛이야기의 꽃이라 할 수 있는 민담民譚에는 주인공이 길 떠나는 이야기가 정말 많습니다. 특히 다 큰 어른들이 아닌 '아이들'이 길을 많이 떠나지요. 그 아이들은 때로는 아직 철이 들기도 전인 어린아이인 경우도 있지만, 대개는 막 철들 무렵의 아이들입니다. 세상과 본격적으로 대면하기 시작할 무렵의 아이들이지요. 그 아이들이 집을 나선다는 건 이제 비로소 자기 삶을 찾아 넓은 세상으로 첫발을 내디딘다는 의미를 지닙니다.

  그 길 떠남이 긴 준비를 거쳐서 조심스럽게 이루어지는 경우는 거의 없습니다. 뜻하지 않게 갑자기 이루어지는 경우가 많지요. 스스로 결심하고서 훌쩍 길을 나서는 경우도 있지만, 자기 뜻과 상관없이 집을 떠나게 되는 경우도 많지요. 갑작스럽게 낯설고 거친 세상으로 훌쩍 던져진다는 것은 당황스럽고 험난한 일이지만 그만큼 극적인 일이기도 합니다. 그러니 흥미로운 '이야기'가 되지요.

그들이 집을 떠나서 다다르는 곳이 그동안 살아온 곳과 큰 차이가 없다면, 예컨대 다른 집이나 마을 같은 곳이라면 재미는 덜할 거예요. 그보다는 보고 듣는 모든 게 낯설고 신기한 새로운 장소에 이르러야 제격이지요. 옛이야기 주인공들이 현실 세계와 아주 다른 별세계로 접어드는 일이 많은 것은 이 때문입니다. 하지만 집에서 멀지 않은 곳에 자리하면서도 집과 성격이 아주 다른 낯설고 신기한 세계가 있으니 그곳이 바로 숲(또는 산)입니다. 그냥 잠깐 들어갔다가 나온다면 별일이 아니겠지요. 하지만 돌아갈 곳 없이 길도 없는 숲 속으로 깊이 들어간다면, 거기서 낮도 지내고 밤도 지내게 된다면 이야기가 달라집니다. 그건 낯설고 신기한, 아주 극적인 경험이 되지요.

여기 딱 보면 알 만한 이야기가 하나 있습니다. 세상에서 제일 유명한 이야기 중 하나이지요.

옛날 어떤 왕비가 바느질을 하면서 창밖을 보다가 손가락을 찔려 눈 위에 붉은 피 세 방울을 흘렸다. 왕비는 그것을 보면서 자기한테 눈처럼 희고 피처럼 붉으며 숯처럼 검은 아이가 생기면 좋겠다고 생각했다. 하늘이 그 마음을 알았는지, 얼마 뒤 왕비는 소망대로 그런 딸을 낳았다. 눈처럼 흰 아이라서 '백설공주'라고 불렀다.

공주를 낳고 얼마 안 돼서 왕비는 세상을 떠났다. 그러자 왕은 다른 여자를 아내로 맞이했다. 아름답지만 아주 거만한 여자였다. 여자 한테는 마법의 거울이 있었는데, 늘 거울을 보면서 세상에서 누가 제일 예쁘냐고 묻곤 했다. 그러면 거울은 어김없이 왕비가 제일 예쁘다고 답했다. 하지만 백설공주가 일곱 살이 됐을 때, 거울이 전하는 답이 달라졌다. 백설공주가 왕비보다 훨씬 더 예쁘다는 것이었다. 몇 번을 물어도 답은 달라지지 않았다.

질투에 휩싸인 왕비는 공주를 죽이기로 했다. 한 사냥꾼한테 공주를 숲으로 데려가 죽이고 허파와 간을 꺼내 오라고 시켰다. 공주는 하릴없이 사냥꾼에 이끌려 숲으로 끌려가는 신세가 됐다. 깊은 숲에 이르자 사냥꾼은 공주를 찌르려고 칼을 꺼내 들었다.

그래요. 〈백설공주〉입니다. 약 200년 전에 독일 그림 형제 민담집에 실린 이후로 세계적으로 유명해진 이야기지요. 원 제목은 'Schneewittchen'입니다. '눈처럼 흰 아이'라는 뜻이에요. '백설공주'는 무척 어울리는 번역이라 할 수 있습니다.

이야기에서 보듯이 백설공주는 어느 날 갑자기 집에서 숲으로 옮겨집니다. 화려한 궁궐에서 거친 숲으로요. 언제 그리됐는가 하면 일곱 살 때였어요. 이제 막 세상을 알아 가기 시작할 무렵이지요. 하나의 독립된 인격체로 받아들여지기 시작하는 시기라 할 수 있습니다. 보면, 그전에는 마법의 거울이 백설공주 얘기를 하지 않잖아요? 그건 그가 아직 철없는 어린아이였기 때문입니다. 하지만 이제 왕비와 미모를 겨룰 만한 존재가 된 거예요. 그러니 백설공주가 더 예쁘다는 대답이 흘러나오게 된 것입니다.

중요한 것은 저 귀엽고 예쁘기만 했던 아이가 이제 세상을 알기 시작할 때, 세상과 대면할 때가 되었다는 사실입니다. 거친 숲은 그 상징이라 할 수 있습니다. 세상에는 우리를 고이 돌봐 주는 이들만 있는 게 아니지요. 우리를 공격해서 힘들게 하는 것투성이입니다. 공주를 죽이려는 왕비나 그 명령을 받아 칼을 빼 드는 사냥꾼은 그 단적인 예이지요. 어린아이가 거친 숲 속에 던져진다는 것은 이런 위태한 대면을 단적으로 나타내는 이야기 요소가 됩니다. 누구라도 살다 보면 겪게 되는 상황이지요. 문제는 그때 어떻게 대응하느냐 하는 것입니다.

사냥꾼이 공주의 가슴을 찌르려는 순간, 공주가 울면서 살려 달라고 애원했다. 숲 속으로 들어가 다시는 나타나지 않겠다고 했다. 사냥꾼은 불쌍한 마음이 들어서 공주를 풀어 주고 멧돼지 새끼를 잡아서 그 허파와 간을 꺼내 왕비에게로 가지고 갔다. 어차피 아이는 짐승들한테 곧 잡아먹히게 될 터였다.

커다란 숲 속에 홀로 남겨진 공주는 겁이 나서 어쩔 줄 몰랐다. 나뭇잎들이 다 자기를 노려보는 것 같았다. 아이는 달리고 또 달렸다. 뾰족한 돌에 넘어지기도 하고 가시덤불을 지나가기도 했다. 사나운 짐승들이 그 옆을 지나갔지만 아무도 해를 끼치지 않았다. 소녀는 발이 움직일 수 있는 한 달렸다. 곧 날이 어두워지려고 하고 있었다.

존재가 스러질 수 있는 아찔한 순간, 그냥 속절없이 쓰러지는 대신 백설공주는 살아나기 위한 몸짓을 합니다. 울면서 사정하지요. 그 몸짓이 상황을 바꿉니다. 사냥꾼이 칼을 거두게 되지요. 어찌 보면 아무것도 아닌 것 같지만, 그 작은 차이가 삶과 죽음을 가르는 경계가 됩니다. 저 아이가 숲 속에서 처음 한 일이지요. 무척이나 커다란 일입니다.

이어진 장면은 숲 속이 어떤 곳인지를 잘 보여 줍니다. 어디로 가야 할지, 무엇을 해야 할지 아무도 모르는 낯선 곳. 작은 나뭇잎들마저 모두 자기를 노려보는 것 같습니다. 왜 그렇지 않겠어요! 낯선 소리 하나만 슬쩍 들려와도 온몸이 덜덜 떨렸겠지요. 위험한 짐승이 득실대는 곳이 숲이니 말이에요. 이제 날까지 어두워지면 그야말로 엎친 데 덮친 격이 됩니다.

이런 숲의 모습 속에는 집에서 벗어난 뒤 대면해야 할 바깥세상의 속성이 그대로 투영돼 있습니다. 아무 경험도 준비도 없이 세상에 던져지는 건 마치 큰 숲 속에 혼자 던져지는 일과 비슷하지요. 모든 게 낯설고, 겁나고, 별것도 아닌 것들이 다 자기를 노리는 것만 같고……. 그

왜 주인공은 모두 길을 떠날까?

래요. 나뭇잎은 별 게 아니라 하더라도 짐승들은 실제로 위험한 존재인 것처럼 실제 세상에도 우리를 노리는 위험한 것들이 곳곳에 도사리고 있습니다. 생각하면 겁나는 일이지요. 집에서야 누구나 다 공주이고 왕자겠지만 숲 속의 야수 앞에서 그런 게 다 무슨 소용이 있겠어요!

눈여겨봐야 할 것은 이 상황에서 백설공주가 한 행동입니다. 많은 사람들이 그냥 맥없이 쓰러져 있는 백설공주를 난쟁이들이 발견하고 구했다고 아는 듯한데, 그렇지 않습니다. 앞에서 보았듯이, 이야기는 그가 '있는 힘을 다해 숲을 헤치며 달렸다'고 말하고 있습니다. 넘어지고 긁히는 걸 무릅쓰면서요. 짐승들이 그를 해치지 않았던 것은, 공주가 예뻐서가 아니라 그가 이렇게 살려고 뛰었기 때문이라고 보는 것이 상황에 맞는 해석이 됩니다. 살려고 애쓰는 사람에게 살길이 열리는 법이 아니겠어요?

그렇다면 그에 이어진 상황은 어떤 것일까요?

날이 어두워졌을 때 공주는 작은 집 한 채를 발견하고 한숨 돌리려고 안으로 들어갔다. 깨끗하게 정돈된 집 안에는 일곱 개의 작은 침대가 놓여 있고 작은 식기들이 일곱 벌씩 갖춰져 있었다. 배고프고 목말랐던 백설공주는 일곱 개 그릇에 담긴 음식을 골고루 꺼내 먹고, 일곱 개 병에 든 포도주도 한 방울씩 마셨다. 피곤했던 백설공주는 이 침대 저 침대에 차례로 누워 보고는 자기한테 꼭 맞는 일곱 번째 침대에 누워 모든 걸 신에게 맡기고서 잠이 들었다.

그가 들어간 저 집은 바로 난쟁이들이 사는 집입니다. 그런데 거기서 공주가 한 일, 조금 뜻밖 아닌가요? 숲 속의 낯선 외딴집. 들어가 보니 모든 게 낯설기만 합니다. 작은 침대에 작은 그릇들. "이건 뭐야? 이상해!" 이러면서 겁이 나 도망가거나 한구석에 꽁꽁 숨을 만한 상황이지요. 어린 소녀 입장에서 그랬을 것처럼 상상이 됩니다.

그런데 백설공주는 그리하지 않습니다. "어머, 이것 좀 봐. 귀여워!" 이렇게 말했다고 쓰여 있지는 않지만 꼭 그런 식입니다. 그릇에 들어 있는 음식을 하나하나 꺼내서 맛보고 포도주 병을 하나씩 다 기울여서 한 방울씩 맛보는 저 아이의 모습. 어때요? 이거 좀 사랑스럽지 않나요? 금방 칼에 찔리거나 짐승한테 물려서 죽을 뻔한 아이라고는 믿어지지 않을 정도입니다.

어찌 보면 철없고 황당한, 이른바 '민폐'를 끼치는 어이없는 모습이라 할 수 있을지 모릅니다. 하지만, 저런 천진한 순수함은 놀라움 속에 고개를 끄덕이게 하는 면이 있습니다. 어떤가요? 당장 배고프고 목이 말라 죽을 지경인데 앞에 먹을 것을 두고도 겁이 나서 아무 일도 못한다면, 그게 맞는 일일까요? 잠이 오는데 잠을 못 자고 구석에 숨어서 덜덜 떨고 있는 게 맞을까요? 모든 걸 신에게 맡기고서, 다시 말하면 자기 자신을 믿고서 저렇게 마음 가는 대로 솔직히 행동하는 저 모습이 더 맞는 게 아닐까요?

사람마다 해석이 다르겠지만, 나는 공주의 저런 모습이 스스로를 살린 것이라고 믿고 있습니다. 뒤늦게 집에 돌아온 일곱 난쟁이는 처음에 깜짝 놀라지만 평화롭게 잠든 공주의 모습을 보면서 곧 감탄하게 됩니다. 그리고 그 아이를 지켜 주게 되지요. 공주는 그들을 위해 집안일을 하게 되고요. 이야기에서 저 공주가 '예뻤다'고 말하는 것은 그 이목구비가 깎은 듯했기 때문이 아니라 사람이 저렇게 맑고 순수했기 때문이라는 것이 나의 해석입니다. 저 아이는 자기 안에서 넘쳐 나는 밝은 기운을 통해 난쟁이로 상징되는 숲 속의 힘을 자기편으로 삼을 수 있었다는 것이지요.

그 뒤의 일에 대한 얘기는 길게 하지 않을게요. 다 아는 대로입니다. 할머니로 변한 왕비가 백설공주를 죽이기 위해 난쟁이의 집을 찾아오지요. 백설공주는 그 꾀임에 거듭 넘어가 쓰러집니다. 하지만 왕비는 끝내 공주를 죽이지 못하지요. 마침내 공주는 되살아나서 세상의 주인공이 됩니다. 술수가 진실을, 혼탁함이 순수함을 결코 누를 수 없었던 거지요. 그래요. 끝없이 비교하면서 '남의 삶'을 사는 저 왕비는 있는 그대로의 '자기 삶'을 사는 공주를 이길 수가 없습니다. 흉측한 '마녀'가 되어서 뜨거운 쇠 신발을 신고 미친 춤을 추다가 자멸하는 것이 그의 정해진 운명이었습니다.

이 이야기는 거칠고 넓은 숲이라는 낯선 세상과 어떻게 대면할 것인가 하는 질문에 하나의 인상적인 답을 말해 줍니다. 주저앉지 말고 길을 찾아 움직이라는 것, 이리저리 재거나 눈치를 보느라고 쩔쩔매지 말고 있는 그대로의 자기 삶을 살아 나가라는 것, 그런 것들이지요. 이 거, 꽤 그럴싸하지 않나요?

숲에 던져진 아이 2 | 바리데기 |

어쩌다 보니 멀리 서양에서 전해 온 이야기부터 먼저 시작했네요. 하지만 나는 저 이야기가 '서양의 이야기'라고 생각하지 않습니다. 보편적인 재미와 감동을 주는 '인류 모두의 이야기'라고 생각하고 있지요. 이는 우리나라에서 전해지는 옛이야기들도 마찬가지입니다. 그들 또한 온 세상에 널리 통할 만한 힘과 가치를 오롯이 간직하고 있지요.

백설공주와 꽤 달라 보이면서도 비슷한 면이 있는 우리나라 공주 이야기를 해볼게요. 민간 신화로 이어져 왔고 민담으로도 전해져 온 이야기 〈바리데기〉입니다. 〈바리공주〉라고도 하지요.

처음에 나는 바리데기가 백설공주하고 아주 다른 인물이라고 생각했어요. 둘 다 공주이지만 백설공주가 예쁘고 귀엽고 화려한 이미지를 지니고 있는 데 반해 바리데기는 소박하고 초라하며 처량한 이미지를 지니고 있지요. 공주로 사랑을 받기는커녕 딸이라는 한 가지 이유로 무참히 버려진 아이가 바리데기였습니다. 나중에는 자기를 버린 부모를 살리기 위해 서천서역 저승까지 가서 약수를 구해 오는 힘든 일을 떠맡아서 하게 되지요. 후에 신이 돼서도 죽은 영혼의 슬픈 넋을 달래고 인도하는 구실을 맡게 됐으니 정말 고생으로 시작해서 고생으로 끝나는 삶이라 해도 지나치지 않습니다.

그런데 어느 날 문득 생각해 보니까 따지고 보면 저 백설공주도 바리데기와 처지가 그리 다르지 않지 뭐겠어요. 어린 몸으로 어느 날 갑자기 죽으라고 버려진 신세였으니 말이에요. 그렇게 버린 사람이 따지고 보면 부모였고요. 이 사실을 깨닫고 나니 두 인물을 더 자세히 비교하고 싶은 마음이 솟아났지요. 이제 백설공주에 견주어서 바리데기 이야기를 해볼게요. '숲'(실제로는 '산')에 초점을 맞추어서요.

옛날에 오구대왕이 불라국이라는 나라를 다스리고 있었다. 오구대왕은 길대부인을 배필로 얻었는데, 바라고 바라는 자식이 생겨나지 않았다. 갖은 정성을 들인 끝에 길대부인이 나이 마흔에 비로소 아기를 잉태하자 대왕은 뛸 듯이 기뻐했다. 하지만 대를 이을 아들을 바라는 마음과 달리 태어난 아이는 딸이었다. 대왕은 첫딸이 살림 밑천이라며 고운 이름을 지어 주고 고이 키웠다. 그 뒤 길대부인이 내리 딸만 여섯을 낳으니, 오구대왕이 거두어 키웠으나 아들을 고대하는 마음이 갈수록 커져만 갔다. 그러던 중 길대부인이 다시 아이를 잉태하자 마지막 기회라고 생각한 대왕은 그 아이가 아들일 거라고 굳게 믿었다. 하지만 또 딸이 태어나자 대왕은 크게 실망해서 아이를 내다 버리라고 명령했다. 길대부인이 눈물을 흘리며 아기를 버리러 나설 때에 들도 냇물도 여의치 않아서 깊은 산속으로 들어갔다. 억석바위에 아기를 놓고 돌아서자 커다란 호랑이가 물고서 굴속으로 사라져 버렸다.

이 버림은 어떤지요? 앞의 백설공주는 그래도 궁궐에서 살다가 철들 무렵에 버림받았는데 이 아이는 아무것도 모르는 채로 태어나자마자 버림을 받습니다. 최소한의 준비도 돼 있지 않은 상태에서 넓고 거친 세상에 훌쩍 던져진 셈이지요. 참으로 가혹한 일이라 할 수 있지만, 어찌 저럴 수 있느냐고 말할 수 있지만, 잘 생각해 보면 이 또한 사람들의 인생을 반영한 서사라 할 수 있습니다.

세상 누구라도 어머니 배 속에서 나오는 순간 혼자가 되는 법이지요. 거친 세상을 어떻든 제 힘으로 헤쳐 나가야 하는 게 사람의 운명이라 할 수 있습니다. 비록 구체적인 상황은 다르지만, 어린 바리데기가 홀로 산속에 버려진 상황은 백설공주가 숲 속에 버려진 상황과 본질 면에서 다르지 않다고 볼 수 있습니다. 인간의 존재적 숙명 같은 것이 거기 반영돼 있다고 볼 수 있지요.

조금 앞서 나간 것 같기도 하네요. 깊은 숲 속에 버려진 바리데기가 어떻게 됐는지, 그가 어떻게 그 숲 속에서 움직였는지, 이 부분을 더 자세히 살펴보는 게 맞을 것 같습니다.

커다란 호랑이를 보내서 바리데기를 굴속으로 물어 오게 한 것은 산신령이었다. 산신령은 그날부터 바리데기를 맡아서 기르기 시작했다. 바리데기는 낮이면 낮볕을 보고 밤이면 이슬 받고서 병 없이 탈 없이 자라났다. 바리데기가 다섯 살이 되니까 산신령은 온 산천으로 데리고 다니면서 바리데기를 가르쳤다. 한 해 가고 두 해 가고 십 년을 공부하니 바리데기는 못할 일이 없게 됐다. 세상 이치에 통달하고 갖가지 일을 다 배웠다.

어느 날 바리데기가 삼강오륜을 배울 적에 '부자유친父子有親'이라는 글을 보고서, 산신령인 줄도 모르고 스승에게 물었다. "글에 부자유친이라 했는데, 아들이 있고 딸이 있으면 부모가 있는 법인데, 나의 아버지 어머니는 어디 계십니까?" 그러자 신령님은, "야야, 내가 가르치는 글만 꼬박꼬박 배우면 어머니도 나타나고 아버지도 만나리라" 이렇게 답하는 것이었다. 어느 날 신령님은 바리데기에게 이제 자기와 이별할 때가 되었다면서 곧 어머니와 만나게 될 거라고 했다. 아나나 다를까, 신령님이 사라진 뒤 길대부인이 산속에 나타나

왜 주인공은 모두 길을 떠날까?

울면서 바리데기를 찾았다. 모녀지간임을 확인한 길대부인과 바리데기는 서로를 껴안고서 엉엉 울었다.

숲 속에 버려진 바리데기의 모습은 위와 같이 이야기됩니다. 어떤가요? 좀 싱겁지 않은가요? 나도 처음에 그리 생각했었지요. 산신령이 즉각 아이를 거두어서 고이 지켜 주고 보살펴 주면서 살아가는 데 필요한 공부까지 다 시켰다니 이 정도면 좀 '호사' 같기도 합니다. 삼강오륜까지 산신령이 다 가르쳤다니 완전히 다 챙겨 준 셈이지요. 부모가 누군지도 모른 채 외롭게 살아가는 아픔이 있었지만, 이 또한 산신령이 어느 정도 해결해 주는 것처럼 보입니다. 언젠가 부모님과 만날 거라는 사실을 알려 줄 뿐 아니라, 어머니와 상봉하기 직전까지 바리데기를 보살펴 주니 말이에요.

그런데 이 이야기를 여러 번 보다가, 어느 순간 '아차!' 하면서 깜짝 놀라고 말았습니다. 저 산신령의 서사적 상징을 뒤늦게 깨달은 것이었지요. 저 산신령이란 어떤 존재일까요? 이야기는 그를 마치 '사람'처럼 묘사하고 있지만, 정말로 그러할까요? 깊은 산중에 어찌 딱 저런 사람이 있어서 기다렸다는 듯이 아이를 챙겨서 먹이고 입혀서 키웠을까요? 저 산신령은 그보다는 말 그대로 산의 정령, 또는 대자연의 기운으로 이해하는 것이 합당할 것입니다. 바리데기가 산신령의 보호 속에 자라나면서 배움을 얻어 가는 모습이란 바리데기가 대자연과의 교감 속에서 성장해 가는 모습을 나타낸다는 해석입니다. 바리데기가 산신령 아래서 삼강오륜을 깨쳤다는 것은 그가 숲 속에서 삶의 큰 이치를 깨쳐 나갔다는 뜻으로 풀이될 수 있겠지요.

중요한 것은 바리데기가 자기를 세워 가는 모습입니다. 그는 태어 나자마자 버림받은 신세를 슬퍼하면서, 이른바 '저주받은 운명'을 한탄 하면서 힘없이 주저앉을 수 있었을 것입니다. '반항아'가 될 수도 있었 겠지요. 하지만 바리데기는 그러지 않았습니다. 자기가 누구인지, 어디 서 왔는지, 앞으로 어디로 갈 것인지를 물으면서 길을 찾습니다.

앞의 이야기에 보면, 바리데기가 산신령에게 묻습니다. 우리 부모 는 누구냐고요. 언제 만날 수 있냐고요. 그러니까 산신령이 대답합니 다. 때가 되면 만나게 될 거라고요. 나는 이 질문과 대답이 그가 스스로 에게 하는 질문이고 대답이라고 여기고 있습니다. 바리데기가 거친 숲 속에서 자기 존재와 대면하면서 스스로 묻습니다. "우리 부모는 누구 지? 나는 부모를 만날 수 있을까?" 그러자 답이 들려옵니다. "너는 부 모가 있어서 이렇게 존재하는 거야. 부모님은 너를 버리고 싶어서 버린 게 아니야. 넌 꼭 부모님을 만날 수 있어." 저 깊은 밑바닥에서 들려오 는 대답이었지요.

앞서 백설공주 이야기와 마찬가지로 이 이야기에 나오는 숲(산)도 세상을 상징한다고 할 수 있습니다. 커다란 호랑이가 나타나 한입에 아 이를 덥석 무는 곳, 이렇게 험한 곳이 바로 세상이지요. 그 거칠고 험한 세상에 홀로 던져진 상황에서 자기 자신을 잃지 않고 마음을 다잡으면서 오히려 더욱 굳건하게 자기를 세운 사람이 바리데기라 할 수 있습니다. 그런 그한테는 못 해낼 일이 없었지요. 그가 아무도 갈 수 없다고 하는 서천서역 저승을 찾아가 생명수를 길어 온 힘은 이와 같은 '자기세우기'의 과정에서 나온 것이라고 할 수 있습니다. 나중에 세상 사람들을 구원하는 큰 신이 된 것도요.

어때요? 얼핏 보기에는 꽤 달라 보이는 두 공주 이야기에서 하나의 뜻깊은 접점을 볼 수 있지 않나요? 둘은 이미지가 무척 달라 보이지만, '숲'으로 표상되는 거친 세상에 훌쩍 던져진 상태에서 스스로 자기 길을 찾고 자기 삶을 세운 존재라는 점에서 서로 속 깊게 통한다고 할 수 있습니다. 만약 두 사람이 서로 만났다면, 할 얘기가 정말 많았을 것 같습니다. 그들이 어떤 표정으로 어떤 얘기를 나누었을지 한번 찬찬히 상상해 보는 것도 좋겠습니다.

집과 숲,
그 빛과
그림자

이야기가 숲에 관한 쪽으로 많이 흘렀네요. 이제 여행의 시작점인 집으로 잠깐 눈을 돌려 보겠습니다. 그래요. 집의 속성과 숲의 속성이 서로 어떻게 다른지 살펴보는 게 좋겠네요. 그러면 집을 떠나 숲으로 가는 여행이 지니는 의미가 한눈에 드러날 수 있을 테니까요.

옛이야기 속에서 집과 숲은 흔히 상반되는 특성을 지닌 대조적인 공간으로 말해지곤 합니다. 이야기 연구자들은 이런 대비적인 특성을 일컬어서 '대립對立'이라는 말을 많이 쓰지요. 서로 마주 선 대상이라는 뜻입니다. 이야기 속의 집과 숲은 대립적인 공간이 되는 것이지요. 이런 대립적인 존재는 여러 대립적인 속성들을 지니게 마련입니다. 그렇다면 집과 숲은 어떤 대립적 속성들을 지니고 있는 걸까요? (혹시 공원

왜 주인공은 모두 길을 떠날까?

식으로 정돈된 숲을 상상하고 있지는 않겠지요? 집과 대비되는 숲이란 당연히 '거친 야생의 숲'입니다.)

그 차이는 무척 여러 가지를 들 수 있습니다. 집이 좁은 공간이라면 숲은 넓은 공간입니다. 집이 담이나 문에 의해 닫힌 공간이라면 숲은 열린 공간이지요. 닫힌 공간인 집은 비바람이나 추위, 짐승이나 도둑 등으로부터 보호되는 곳이고, 그래서 편안하고 따뜻한 장소가 됩니다. 이에 비하면 숲은 그런 보호벽을 지니고 있지 않은 춥고 거칠며 위험한 장소입니다. 또 어떤 차이가 있을까요? 집이 익숙한 일상적 삶의 공간 이라면 숲은 낯설고 특별한 삶의 공간이라 할 수 있습니다. 집이 긴장 을 푸는 이완의 공간이고 평화의 공간이라면 숲은 신경을 곤두세워야 하는 긴장의 공간이라 할 수 있지요. 좀 그럴싸하게 표현하면 생존 투 쟁의 공간이라고도 할 수 있겠습니다. 더 찾아볼까요? 그래요. 집이 '지 속'의 공간이라면 숲은 '변화'의 공간이라 할 수 있습니다. 집은 모양이 나 실내 온도 등이 일정하게 유지되는 데 비해 숲은 시시각각으로 조건 이 변하는 곳이니까요.

정리해 보면 다음과 같습니다.

집 : 좁음	닫힘	안전	일상	이완	평화	지속	가정
숲 : 넓음	열림	위험	특별	긴장	투쟁	변화	사회

이렇게 나열하고 보니까 왠지 숲이란, 또는 숲으로 표상되는 바깥 세상이란 사람이 살 곳이 못 되는 것처럼 보이기도 합니다. 굳이 그곳에 나갈 것 없이 그냥 집 안에, '가정'에 편안히 머물러 있는 게 상책일 것 같기도 하네요. 하지만 정말 그럴까요? 숲은 못 살 곳이고 집이 더 좋은 곳일까요?

이 지점에서 우리가 생각해 볼 것은 집의 두 얼굴, 또는 집의 빛과 그림자입니다. 앞에 말한 여러 속성 가운데 편안함이나 따뜻함이 빛이라면 '좁음', '닫힘', '지속' 같은 것들은 그림자가 됩니다. 좁게 닫힌 속에서 같은 상황이 지속된다면 그건 아주 지루하고 답답한 일이 될 것입니다. 심하게 말하면 그건 하나의 '감옥'과 비슷하다고 할 수 있지요.

그렇습니다. 집 안에만 머물러 있다 보면, 부모님 품에만 머물러 있다 보면 마치 감옥에 갇힌 것처럼 힘을 못 쓰고 아무 일도 못 하게 됩니다. 고인 물이 썩듯이 존재가 허물어져 가게 됩니다. 경계하고 삼갈 일이지요.

거꾸로 해충과 야수가 득실대는 숲은 괴롭고 위험한 곳으로 보이지만 꼭 그렇지 않습니다. 그 숲에도 빛은 있기 마련이지요. 거기는 야수와 마녀만 있는 것이 아니라 아름다운 꽃과 나무, 예쁜 새와 작은 동물과 요정들도 있지요. 수많은 새로운 존재들과 만날 수 있는, 그들과 수많은 일을 할 수 있는 열린 변화와 역동의 공간이 숲입니다. 어떻게 움직이는가에 따라서 큰 성취와 놀라운 보람을 이끌어 낼 수 있지요. 저

왜 주인공은 모두 길을 떠날까?

백설공주가 그랬고 바리데기가 그랬던 것처럼 말이에요.

이제 우리를 기다리고 있는 또 다른 길 떠난 주인공들과 만나러 가기에 앞서 한 가지 요소만 잠깐 살펴보고 넘어가도록 하겠습니다. 숲에 사는 '난쟁이'들의 존재가 그것입니다. 〈백설공주〉에 일곱 난쟁이들이 나오잖아요? 이 난쟁이들이 무엇을 뜻하는 것일까 하는 문제입니다.

숲 속에는 참 많은 것들이 있습니다. 이야기 속에서 숲에 들어간 주인공은 많은 대상들과 만나지요. 거인, 마녀, 유령, 요정, 여우, 늑대, 뱀, 각종 새와 벌레 등등. 그런데 그중 주인공이 아주 많이 만나는 존재가 바로 난쟁이입니다. 백설공주 말고도 수많은 주인공들이 난쟁이와 조우하지요.

흥미로운 사실은 이들 난쟁이들이 겉보기와 다른 놀라운 힘과 재능을 지닌다는 것입니다. 거의 사람을 죽일 수도 있고 살릴 수도 있을 정도지요. 이들이 지니는 그 힘이 대체 무엇인가 하면, 그 답을 〈바리데기〉에서 암시받을 수 있습니다. 바리데기가 산속에 버려졌을 때 만난 존재가 누구였지요? 그래요. 산신령이었습니다. 대자연, 또는 큰 세상의 기운을 상징하는 존재지요. 서양 동화 속의 난쟁이도 이와 비슷한 의미를 지닌다는 것이 나의 생각입니다. 그 또한 숲의 힘, 세상의 힘을 나타낸다는 뜻입니다.

난쟁이에 얽힌 삽화들은 작고 보잘것없어 보이는 것이, 눈에 잘 띄지 않는 것이 실은 엄청난 힘을 낸다는 세상의 이치를 잘 보여 줍니다.

그 힘을 자기 것으로 삼을 때 길이 훌쩍 열리고, 그 힘에 막히게 되면 길을 잃고 주저앉게 됩니다. 예의 백설공주는 그 힘을 자기편으로 만든 존재라 할 수 있지요.

시작부터 너무 많은 이야기를 펼쳐 내려 한 것 같습니다. 조금 무거 웠던 것 같기도 하네요. 혹시 좀 긴장했다면, 이제 좀 늦추어도 됩니다. 더 쉽고 재미있는 이야기들이 기다리고 있으니까요.

어느 날 갑자기 거친 숲에 던져진다면?

옛이야기의 주인공은 말합니다.

있는 힘을 다해 달리고 또 달리라고.

주저앉지 말고 길을 찾아 움직이라고.

이리저리 재고 눈치 보느라 쩔쩔매지 말고

자기 자신을 믿고 나아가라고.

그렇게 숲의 힘을 자기편으로 만들라고.

3장.

머문 이와
떠난 이의
엇갈린 운명

백설공주와 바리데기는 집에서 분리된 뒤 거친 세상에서 길을 찾은 존재였지요. 만약 그들이 집에 그대로 남아 있었다면 어떻게 됐을까요? 아무 걱정 없이 편안하게 살았을 수도 있겠지만, 또 다른 문제가 있었을지도 모릅니다. 그 속내는 집을 떠나는 대신 '머무름'을 선택한 이들에 대한 이야기를 통해서 들여다볼 수 있을 것입니다. 이제 집에 남아서 부모의 품에 머물렀던 이들과 거기서 벗어나 바깥세상으로 나간 이들의 인생행로가 어떻게 달라졌는지, 그 빛과 그림자를 함께 살펴보기로 하겠습니다.

은장아기,
놋장아기,
가믄장아기

여기 한 이야기가 있습니다. 부모와 자식에 관한 이야기지요.

옛날 옛적에 강이영성과 홍운소천이 살았다. 두 사람은 각기 윗동
네 아랫동네에서 빌어먹으며 살다가 길에서 마주친 뒤 살림을 합치
고 부부가 되었다. 부부를 이룬 뒤 첫딸을 낳자 사람들이 불쌍하다
고 은그릇에 가루를 타서 먹여 주었다. 그래서 이름을 은장아기라
했다. 다시 또 딸을 낳자 사람들은 놋그릇에 가루를 타서 먹여 주었
다. 그 아이는 놋장아기라 했다. 부부가 또 딸을 낳자 사람들은 이
번에는 나무바가지에 가루를 타서 먹여 주었다. 그래서 아이 이름
을 가믄장아기라 했다.

세 딸이 태어나 자라날 적에 논과 밭이 생겨나고 소와 말이 점점 불어나 큰 부자가 되었다. 부부는 높다란 기와집에 풍경을 달아 놓고 딸들과 놀음놀이를 하면서 세월을 보냈다. 가믄장아기가 열다섯 살이 되었을 때, 하루는 비가 촉촉 내리는데 부부가 딸들을 차례로 불러서 문답 놀이를 시작했다.

"큰딸아기 이리 와라. 은장아기 너는 누구 덕에 먹고 입고 잘 사느냐?"

"하늘님도 덕이고 지하님도 덕입니다만, 아버님 덕이고 어머님 덕입니다."

"큰딸아기 기특하다. 어서 네 방으로 가라."

"둘째딸아기 이리 와라. 놋장아기 너는 누구 덕에 먹고 입고 잘 사느냐?"

"하늘님도 덕이고 지하님도 덕입니다만, 아버님 덕이고 어머님 덕입니다."

"둘째딸아기 착실하다. 어서 네 방으로 가라."

"막내딸아기 이리 와라. 가믄장아기 너는 누구 덕에 먹고 입고 잘 사느냐?"

"하늘님도 덕이고 지하님도 덕입니다. 아버님도 덕이고 어머님도 덕입니다만, 내 몸에 복이 있는 덕으로 먹고 입고 잘 삽니다."

그러자 부모가 화가 나서 말했다.

"이런 불효막심한 아이가 어디 있느냐. 어서 빨리 나가라."

이렇게 부모한테 미움을 산 가믄장아기는 검은 암소를 끌고서 집을 떠나게 되었다.

셰익스피어의 《리어왕》이 연상되는 이 이야기는 제주도에서 구전 돼 온 민간 신화 〈삼공본풀이〉의 앞부분입니다. 비슷한 이야기가 민 담으로도 널리 전해져 왔지요. 〈내 복에 산다〉로 불리는 이야기입니 다. 막내딸이 두 언니와 달리 '내 복으로 산다'고 대답했다가 집에서 쫓 겨나게 된다는 내용이 이야기마다 거의 일치하지요. 이 이야기의 기본 포인트가 됩니다.

어찌 보면 가믄장아기는 불효막심한 딸처럼 보입니다. 부모님이 내 내 사랑하면서 보살펴 줬더니 기껏 하는 말이 자기는 제 복이 있어서 먹고산다니요! 말로 천 냥 빚을 갚는다 했는데, 이왕이면 언니들처럼 예쁘게, 듣는 사람 기분 좋게 말하면 더 좋을 텐데 말이에요.

현실로 보자면 그렇겠지요. 하지만 이것은 어디까지나 이야기입니 다. 이야기의 맥락과 상징을 봐야 하지요. 따져 보면 저 강이영성과 홍 운소천은 꽤나 속없는 부모라 할 수 있습니다. 저런 질문이란 답을 정 해 놓은 거나 다름없지요. "너희들 누구 강아지?" "엄마 아빠 강아지!" "그래, 아이고 이쁜 내 새끼! 토닥토닥……." 딱 정해진 순서입니다. 그 러니까 이는 자식들한테 '내가 없으면 너희들은 아무것도 아니다'라는 것을, '너희들이 다 내 울타리 안에 있다'는 것을 확인시키는 몸짓이 됩니다. 자식을 아기인 양 품 안에 넣고 감싸고돌면서 만족감을 찾는 그런 부모가 강이영성, 홍운소천이라 할 수 있습니다. (그러고 보니 딸들 이름이 다 '아기'네요.) 그래요. 이런 부모들, 요즘에도 참 많지요.

그런 부모한테 거역하기란 쉬운 일이 아닙니다. 공연히 마음을 상하게 했다가는 자기만 손해나기 마련이지요. 그래서 은장아기와 놋장아기는, 속마음이 어땠는지는 모르겠지만, 부모의 비위를 잘 맞춰서 그들이 원하는 대답을 합니다. 부모라는 울타리 안에 편안히 머무는 길을 택한 것이지요. 하지만 가믄장아기는 달랐습니다. 부모가 원하는 답 대신 소신껏 자기 의사를 밝혔지요. 그가 "부모님 덕도 있지만 나는 내 덕으로 먹고산다"고 말한 것은 "부모님도 중요하지만 내 인생의 주인은 누가 뭐래도 나 자신이다"라고 말한 것이라 할 수 있습니다. 어떤가요? 이거 꼭 맞는 말 아닌가요?

그 차이가 은장아기, 놋장아기와 가믄장아기의 인생행로를 완전히 다르게 갈라 놓습니다. 두 언니는 집에 남고 가믄장아기는 떠나지요. 이야기는 가믄장아기가 '집에서 쫓겨났다'는 식으로 말하지만 실상 그것은 스스로 선택한 길이라 할 수 있습니다. '나는 내 인생을 살겠다'고 했으니 부모님 품에서 벗어나서, 집을 떠나 바깥세상으로 가는 게 맞지요. 잘되든 못되든, 거기서 자기 복을 증명해 보여야 합니다. 아니, 그건 누구한테 보이기 위함이 아니겠지요. 그렇게 자기 삶을 살 따름입니다.

길 떠난 가믄장아기는 어디로 갔을까요? 바로 '숲'으로 갑니다. 더 정확하게는 깊은 산중으로요. 그는 거기서 낯선 오두막을 발견하고 마퉁이 삼 형제와 만납니다. 그중 막내가 자기 뜻에 맞는 사람임을 발견하고 그와 결혼합니다. 그리고 그와 함께 산속에 갔다가 커다란 금을 발견하지요. 다들 돌덩이로 생각했던 덩어리가 황금이라는 사실을 딱 알아낸 겁니다. 그렇게 큰 부자가 된 가믄장아기는 뒷날 큰 잔치를 열어서 장님이 돼 빌어먹으며 떠돌던 부모님을 찾아 그들의 눈을 뜨게 해줍니다. 그는 그렇게 '내 삶의 주인은 나'라는 사실을 뚜렷이 증명해 보입니다. 아니, 자기 삶을 자기식으로 충만하게 살아 냅니다. 완전한 해피 엔딩이지요.

어떤가요? 가믄장아기를 보면서 누구 떠오르는 사람이 있지 않나요? 먼 옛날, 아버지 뜻을 어기고서 길을 떠났던 고구려의 공주. 그래요. 바로 평강공주입니다. 평강공주는 울보이면서 고집쟁이였지요. 자기가 정해 준 좋은 짝을 마다하고 굳이 바보 온달을 찾아가 남편으로 삼으니 아버지 평원왕 입장에서는 기가 막힐 노릇이었을 거예요. 하지만 평강공주는 바보 온달을 고구려 최고의 장수로 키워 냅니다. 보란 듯이 자기 삶을 살아 낸 것이었지요. 산속에서 작은마퉁이를 만나 큰 성공을 이룬 가믄장아기는 평강공주의 훌륭한 후예라 할 수 있습니다.

잠깐 이야기가 옆으로 흘렀네요. 길 떠난 막내딸이 자기 삶을 이룰 때, 집에 남았던 두 딸은 어떻게 되었을까요? 민담으로 이어져 온 〈내 복에 산다〉는 두 딸이 부모의 재산을 앉아서 다 털어먹고서 함께 거지가 됐다고 전합니다. 또는 재산을 차지하고서 부모를 길거리로 내쫓았다고 도 합니다. 둘 다 말이 되는 것 같습니다. 부모가 가진 걸 **빼앗았다**는 쪽 이 좀 더 무섭지만, 앉은 채 거지가 됐다는 것도 한심하기는 마찬가지입 니다. 둘 다 제 삶을 못 살고 망가졌다는 점에서 공통적이지요. 부모의 울타리에 머물기를 선택한 자식의 유력한 행로라 할 수 있습니다.

민간 신화 〈삼공본풀이〉는 집에 남은 두 딸의 전말에 대해 더 함축 적이고 상징적인 사연을 전하고 있습니다. 한번 직접 볼까요? 《살아 있 는 한국 신화》(한겨레출판, 2014)에서 그대로 인용해 봅니다.

설운 어머니가 부모의 정에 딸자식 보내기가 섭섭하여,
"큰딸아기야 나가 봐라. 설운 막내딸아기 식은 밥에 물이라도 말아 먹고 가라고 해라."
큰언니 은장아기가 노둣돌 위에 올라서면서,
"설운 아우야, 빨리 가버려라. 아버지 어머니가 너를 때리러 나오신 다."
가믄장아기 말을 하되,
"설운 큰형님, 노둣돌 아래로 내려서면 청지네 몸으로나 환생하십 시오."

큰형님이 노둣돌 아래로 내려서더니 청지네 몸으로 환생하여 갔다.

큰딸아기 나가서 안 들어오자 부모님이 둘째딸아기 불러 놓고,

"저 올레에 나가 봐라. 설운 아기 떠나는데 식은 밥에 물이라도 말아 먹고 가라고 해라."

둘째 언니 놋장아기가 올레에 나와 거름 위에 올라서면서,

"아이고, 설운 아우야, 빨리 가버려라. 아버지 어머니가 너를 때리러 나오신다."

가믄장아기가 말을 하되,

"설운 둘째 형님은 거름 아래 내려서면 용달버섯 몸으로나 환생하십시오."

그때 놋장아기가 거름 아래로 내려서더니 용달버섯 몸으로 환생하여 갔다.

부모님이 막내딸을 내보내면서 그래도 마음이 좀 안 좋았나 봅니다. 그래서 밥이라도 먹여 보내려 하지요. 그런데 두 언니는 동생이 얼른 사라지게 하려고 거짓말을 합니다. 글쎄요. 동생이 떠나면 자기들이 차지할 사랑이나 재산이 더 크다고 생각한 걸까요? 무언가 그랬을 것 같기도 합니다.

재미있는 건 그다음 장면입니다. 저 은장아기와 놋장아기가 어떻게 되느냐면 청지네가 되고 용달버섯이 됩니다. 이건 또 뭔가요? 얼핏 보

면 이야기는 마치 가믄장아기가 저주를 내려서 두 사람을 변하게 한 것처럼 말하는 듯합니다. 하지만 그렇지 않습니다. 그가 언니들한테 '청지네 몸으로나 환생하고, 용달버섯 몸으로나 환생하라'고 하는 것은, 그런 식으로 살면 청지네밖에 안 되고 용달버섯밖에 안 된다고 하는 진실을 밝힌 것이라 할 수 있습니다. 두 언니가 정말로 청지네가 되고 용달버섯이 되는 건, 그들이 취한 삶이 청지네와 용달버섯의 삶과 다를 바 없음을 확인시켜 준 일이었지요.

청지네와 용달버섯은 어떤 존재인가요? 청지네는 풀숲을 음습하게 기어 다니며 먹을 것을 노리는 흉하고 보잘것없는 동물입니다. 용달버섯(혹은 '말똥버섯'이 되었다고도 합니다)은 다른 생명체에 빌붙어서 영양분을 빨아먹는 식물 아닌 식물이지요. 둘 다 제 삶을 온전히 세우지 못하고 남한테 의지하는 기생寄生의 존재라 할 수 있습니다. 요컨대 이 이야기는 이렇게 말하고 있습니다.

"나이가 들도록 부모의 품에 머물러 거기 의존하며 살아가는 삶이란 온전한 사람의 삶이라 할 수 없다. 그건 차라리 지네나 버섯의 삶에 가깝다."

좀 무서운가요? 하지만, 엄연한 진실입니다.

장화 홍련과
'엄마 품'이라는
감옥

거짓말로 가믄장아기를 쫓아내고 청지네와 용달버섯이 된 은장아기와
놋장아기를 보면서 혹시 이렇게 생각했을지도 모르겠습니다. "아이들
이 많이 못됐네. 심보를 그렇게 쓰니까 벌을 받은 거지!" 그래요. 분명
히 그렇게 말할 수 있습니다. 그렇다면 어떨까요? 만약 그들이 남한테
모진 일을 못 하는 착한 아이들이었다면 결과는 달라졌을까요?

　어쩌면 그럴 수 있을지도 모르지만, 문제는 그리 간단치 않습니다.
어찌 그러한지 다른 이야기를 하나 보기로 하지요. '착한 아이들'에 대
한 이야기를요.

　옛날에 평안도 철산 고을에 어떤 부부가 두 딸을 데리고 살고 있었

어요. 언니는 장미꽃을 닮아 장화라 했고 동생은 붉은 연꽃을 닮아 홍련이라고 했지요. 두 딸은 예쁘기만 한 게 아니라 무척 착하고 효성이 특별했어요.

한참 부모 사랑을 받으며 잘 살고 있던 자매한테 어느 날 큰 불행이 닥쳐왔어요. 어머니가 갑자기 병을 얻어 누웠지요. 딸들이 갖은 정성을 다하며 보살폈지만 어머니는 끝내 일어나지 못했습니다. "내가 죽으면 이 아이들을 어떻게 하나!" 슬피 울면서 세상을 떠났어요. 남편한테 다시 장가를 들지 말아 달라고 하면서요. 자매는 눈물로 어머니를 보내고 정성껏 삼년상을 치렀지요. 하지만 어머니를 떠나보낸 슬픔은 가시지 않았어요.

세월이 흐르자 혼자 자식을 돌보며 살기 힘들었던 아버지는 새 아내를 맞이했습니다. 딸들한테도 엄마가 필요할 거라고 여겼지요. 그런데 새로 들인 아내는 무척 흉하고 모진 사람이었어요. 특히 장화와 홍련 두 딸한테 인정사정이 없었지요. 계모가 아들을 낳고 나자 두 자매를 향한 미움과 차별, 박해는 갈수록 커져만 갔지요. 자매도 그런 새어머니를 무서워해 겁내면서 피하곤 했어요. 하지만 착한 아이들이라 계모한테 거역하거나 반항할 줄을 몰랐습니다. 말이 안 되는 일도 그냥 다 참고 받아들였어요. 힘들고 슬플 때면 그냥 방에 들어가 두 자매가 서로 부둥켜안고서 돌아가신 어머니를 생각하며 엉엉 울 따름이었지요.

유명한 장화와 홍련 이야기입니다. 《장화홍련전》이라는 소설로 전해 온 이야기인데 설화로 구전되기도 했지요. 소설은 좀 딱딱한 면이 있어서 좀 쉽게 동화식으로 정리해 봤습니다.

이 아이들 어떤가요? 참으로 불쌍합니다. 더없이 예쁘고 착한 아이들이 어린 나이에 사랑하는 어머니를 잃고 슬픔 속에 힘들게 사는 모습을 보자면 눈물이 날 정도입니다. 그런 아이들을 잘 보살펴 주기는커녕 갈수록 못살게 구는 저 계모는 어찌 저리 못됐는지 정말로 화가 나지 않을 수 없습니다.

이 아이들이 겪는 슬픔과 고통, 그건 어디서 어떻게 유래한 것일까요? 어머니의 죽음으로 발생한 문제이니까, 그리고 계모라고 하는 외부로부터 온 폭력이니까 그들 자신으로서는 도저히 어찌할 수 없는 숙명 같은 것이었을까요? 얼핏 그렇게 보이기도 합니다만, 그 속내를 들여다보면 몇 가지 '함정'을 발견할 수 있습니다. 저 자매가 빠져들어 있는 함정을요.

먼저 눈여겨보게 되는 것은 저 두 자매의 부모가, 특히 어머니가 자식을 품 안에 꼭꼭 안고서 키운 것 같다는 사실입니다. 잘은 몰라도, 늘상 "예쁘고 착한 내 새끼들!" 하면서 어루만졌을 것 같아요. 어디서 그런 암시를 받을 수 있느냐면 죽음을 앞두고 "나 없이 이 아이들이 어떻게 살아가나" 하고 한탄하는 모습이 그러합니다. 남편한테 부디 아이들을 계모 밑에 들게 하지 말라고 유언하는 모습도 그러하지요. 저 어머

왜 주인공은 모두 길을 떠날까?

니는 그동안 아이들을 자기 울타리 안에 가두어 키워 왔던 것이고, 그래서 이렇게 죽어 가면서도 여전히 아이들을 '내 새끼'로 잡아 두려 하는 게 아닐까요?

이야기를 보면 장화와 홍련은 어머니가 죽고 계모가 들어왔을 때 그를 마음으로 받아들이지 못합니다. 자매한테는 여전히 죽은 어머니가 진짜 어머니였지요. 계모는 자기를 괴롭히는 '타자他者' 내지 '적敵'이었을 따름입니다. 자매가 서로 붙들고 앉아 죽은 엄마를 찾으며 우는 모습에서 이를 잘 알 수 있지요. 어쩌면 자매가 이렇게 행동했기 때문에 그들에 대한 계모의 미움이 자꾸만 더 커져 갔던 것은 아닐까요? 저 자매는 더 이상 자기를 지켜 줄 수도 없는 '죽은 엄마'의 품에서 여전히 벗어나지 못했으며, 그 결과 슬픔과 고통을 벗어나지 못하고 또 다른 억압을 자초했다고 하는 해석입니다.

이 이야기에서 발견하게 되는 아주 인상적인 또 하나의 함정은 바로 '집' 또는 '방'입니다. 이야기는 장화와 홍련 자매가 한 번도 집 밖으로 나가 본 적이 없다고 표현하고 있습니다. 뒷날 계모의 꼬임에 빠져 자신에게 한밤중에 친척 집에 가라고 하는 아버지한테 장화는 이렇게 말하고 있습니다.

"소녀 오늘까지 문밖을 나가 본 일이 없었는데, 부친은 어찌하여 이 깊은 밤에 알지 못하는 길을 가라 하십니까?"

다음은 홍련의 말입니다. 언니가 죽은 것을 알고서 한탄하는 장면이지요.

아무리 형의 죽은 곳을 찾아가고자 하나 규중처녀의 몸으로 문밖길을 모르니, 어찌 그곳을 찾으랴?

이거 좀 수상하지 않나요? 시집갈 나이가 다 된 처녀들인데 문밖에 나가 본 적이 없다니 말이에요. 그건 이 아이들이 오랜 세월 동안 집에만 머물러서, 특히 방에 꼭 들어앉아서 한탄만 하고 울기만 했다는 얘기입니다. 돌아가신 어머니 품만 찾으면서요. 이는 이 두 아이가 아무 일도 하지 못한 채, 최소한의 저항이라든가 '도망' 같은 것도 하지 못한 채 비극적인 죽음을 맞은 큰 원인이 이들 자신한테 있었음을 말해 주는 것이 아닐까요? 세상에 나가서 스스로 무언가를 해본 경험이 없으니, 그저 자기네 운명을 한탄하기만 하면서 저렇게 속절없이 무너져 갔던 것이 아닐까요?

이야기는 억울하게 죽은 장화 홍련 자매가 원귀가 돼서 나타나 계모의 음모를 밝히고 원수를 갚았다고 합니다. 그리고 아버지의 자식으로 다시 태어나서 행복하게 잘 살았다고 합니다. 하지만, 그들이 이전 생과 달라지지 않은 채 '엄마의 품'이라고 하는 감옥에 갇혀 살아갔다면 행복한 삶을 살 수는 없었으리라는 게 나의 생각입니다. 글쎄요. 한번

왜 주인공은 모두 길을 떠날까?

큰 아픔을 겪었으니까 다시 태어나서는 전과 달리 씩씩하게 잘 살았을까요? 집을 나서서 숲이나 들 같은 데를 훌쩍 쏘다니면서요? 그랬기를 바랄 따름입니다.

장화 홍련 이야기를 마치기 전에 콩쥐와 신데렐라 이야기를 잠깐 해볼게요. 어찌 보면 콩쥐와 신데렐라는 장화 홍련 자매하고 무척 비슷해 보입니다. 못된 계모 밑에서 차별과 박해를 받으며 살았으니까요. 그런데 장화 홍련과 달리 콩쥐와 신데렐라는 멋진 남자를 만나서 잘 살게 됩니다. 그들 사이에 무슨 차이가 있었기 때문일까요? 그건 단지 콩쥐나 신데렐라가 운이 더 좋았기 때문일까요?

이 문제와 관련해서도 이들의 '동선動線'을 주목하게 됩니다. 콩쥐나 신데렐라는 장화 홍련과 달리 '일을 하는' 인물입니다. 방에 머물러 웅크리는 인물이 아니라 움직이는 인물이었지요. 콩쥐는 밭에 나가서 일하다가 검은 암소를 만나며, 잔치 자리에 나감으로써 원님을 만납니다. 그렇게 바깥세상과 접속함으로써 빛나는 비약을 이룰 수 있었지요. 그러니까 그 비약은 우연이 아닌 필연이라고 할 수 있습니다.

신데렐라도 이와 비슷합니다. 일하며 움직이는 과정에서 하얀 새나 숲 속 개암나무를 만나서 소통하는 가운데 자신의 숨은 가치를 확인하지요. 그리고 무도회라고 하는 '사회'로 나아감으로써 자기 존재를 드러내 보이고 왕자와의 결연을 이루어 냅니다. 이런 콩쥐와 신데렐라의 모습은 죽어서 귀신이 되고 나서야 흉한 모습으로 움직이기 시작한 장화 홍련과 질적으로 다르다고 할 수 있습니다. 그렇게 빛과 어둠이, 삶과 죽음이 나뉩니다. 이거 앞뒤가 아주 딱 들어맞지 않나요?

어찌 보면 장화 홍련하고 비슷한 쪽은 콩쥐나 신데렐라보다 오히려 팥쥐와 신데렐라 언니들이라고 할 수 있습니다. 팥쥐나 신데렐라 언니들은 엄마의 품속에 싸여 살던 아이들이었지요. 그 보호 속에서 편안히 먹고삽니다. 잔칫집에 가거나 무도회에 갈 때도 늘 엄마와 동행하지요. 그렇게 엄마 치마폭에 싸여서 신 결과가 무엇인가 하면 스스로 아무런 가치를 만들지 못하는 무능한 어둠의 존재가 되어 추하게 쓰러지는 것이었지요.

그래서 나는 사람들한테 이렇게 말하곤 합니다. "팥쥐 엄마는 실은 팥쥐한테 계모 노릇을 한 것이었다"고요. 딸을 완전히 망가뜨렸으니 말이에요. 물론 그 책임은 엄마한테만 넘길 일이 아니겠지요. 그 반은 엄마의 편애와 과보호를 당연하게 받아들이면서 콩쥐를 조롱하고 공격했던 팥쥐 자신한테 있는 것일 테니까요.

여우 누이와
악어 아들이 벌인
참극의 전말

여기 한 편의 무서운 이야기가 있습니다. 아마도 우리나라에 전해 오는 가장 소름 끼치는 옛날이야기 가운데 하나일 거예요. 제목은 〈여우 누이〉. 여우가 변한, 또는 여우로 변한 누이에 관한 이야기지요. 유명한 이야기니까 간략하게 줄기만 옮겨 봅니다.

먼 옛날 한 마을에 부자가 아들 셋을 낳고 살았는데 딸이 없는 게 한이었다. 여우라도 좋으니 딸을 하나 얻어서 키우는 것이 큰 소원이었다. 어느 날 그 소원이 이루어져서 그 집에 딸이 태어났다. 사람이 아닌 여우가.

어느 날부터인가 집에 변고가 일어나기 시작했다. 닭이나 소, 말이 차례로 내장을 앗긴 채 죽어 나갔다. 큰아들, 둘째 아들이 밤에 기색을 살폈으나 잠이 들어 이유를 알아내지 못했다. 하지만 막내아들은 정신을 똑바로 차리고 살펴보니 그게 자기 누이동생이 벌이는 일이었다. 어린 누이가 동물의 몸속으로 손을 집어넣어서 간을 빼먹는 것이었다. 날이 밝자 아버지한테 그 말을 했지만, 아버지는 공연히 동생을 모함하지 말라고 화를 내며 아들을 내쫓았다.

집을 떠난 막내아들은 한 여인과 만나 도움을 얻은 뒤 그와 결혼해서 살게 되었다. 늘 집이 궁금했던 그는 어느 날 아내의 만류를 뿌리치고 본가로 향했다. 아내가 챙겨 준 세 가지 색깔의 작은 병을 간직한 채로. 집에 이르러 보니 부모와 형들이 다 죽고 집은 흉가가 되어 있었다. 누이가 오빠를 발견하더니 야릇한 미소를 보이고는 방문을 닫아걸고서 칼을 갈기 시작했다. 오빠가 놀라서 뒷문을 열고 도망치자 여우로 변한 누이가 무서운 속도로 쫓아왔다. 오빠는 붙잡힐 뻔할 때마다 병을 하나씩 던져서 가까스로 위기를 모면했다. 끝까지 오빠를 추격하던 여우 누이는 마지막 병에서 퍼져 나온 불에 휩싸여서 타 죽고 말았다.

어때요? 좀 섬뜩하지요? 짐승의 몸속에 손을 쑥 집어넣어서 간을 빼내어 피를 뚝뚝 흘리며 냠냠 씹어 먹는 어린 누이! 짐승을 먹는 것으로 모자라 아버지 어머니와 형들의 간을 다 꺼내 먹은 그 누이가 날이

파랗게 선 칼을 들고 재주를 넘으면서 바짝 쫓아옵니다. "오빠, 어디 가? 이리 와! 그 간 나 줘야지!" 완전한 악몽의 한 장면입니다.

예쁜 누이인 줄로만 알았더니 실은 무서운 여우였던 저 아이, 그의 정체는 무엇일까요? 여러 자료들이 겉으로 말하는 것처럼 여우가 딸로 태어나서, 그러니까 여우가 누이로 둔갑해서 가족들을 해치는 것일까요? 여우의 재주라면 그럴 수 있을지도 모르겠네요. 하지만 나는 저 여우 누이에 대해 이와 좀 다른 생각을 하고 있습니다. 저 누이가 본래는 예쁜 아이였을 뿐인데 시나브로 여우로 변한 것이라고 여기고 있지요. 누구에 의해서인가 하면 그 부모에 의해서요.

딸을 간절히 원했던 아버지는 기다렸던 딸이 태어나자 그를 편애합니다. 자기 동생이 여우인 것 같다고 말하는 막내아들을 호통쳐서 내쫓는 데서 이를 잘 볼 수 있지요. 모르긴 해도 저 아버지는 자기가 사랑하는 딸한테 원하는 모든 것을 다 해줬을 것입니다. "오냐 오냐, 아이고 이쁜 것!" 이러면서 말이지요. 그렇게 사랑을 독차지하는 가운데 뭐라도 제 것으로 삼을 수 있었던 저 아이는 자연스럽게 '여우'가 됩니다. 그에게는 집안에 있는 모든 것이 다 자기 것이나 마찬가지였지요. 원하면 그냥 가지면 그만이었지요. 그렇게 저 아이는 '간'을 빼 먹습니다. 가축에 이어 마침내 부모와 형제의 간까지!

어쩌면 저 아이는 남의 간을 빼 먹으면서도 자기가 무슨 일을 하는지 까맣게 몰랐던 것일지도 모릅니다. 어려서부터 늘 그렇게 하는 게 몸에 배었을 테니 말이지요. 자기도 모르는 새 흉측한 여우가 되어 있는 것. 이거 정말로 끔찍하지 않나요?

물론 이야기니까 과장이 된 것이겠지만, 요즘 세상을 보면 실제로 저 여우 누이 비슷한 아이들을 꽤 많이 보게 됩니다. 사랑이라는 이름의 과보호 속에서, 어떤 잘못도 다 용인되는 안온한 품속에서 원하는 바를 다 얻으며 자란 아이들. 그들이 바로 여우 딸이 되고 여우 아들이 됩니다. 처음에는 다 귀여워 보이지만, 어느 순간 부모의 간을 꺼내 먹으려 들지요. 그렇게 괴물이 된 아이는 쉽사리 돌이켜지지 않습니다. 죽어 쓰러져야만 참극이 마감되지요. 부모의 품이 완전한 독毒이 된 경우라 할 수 있습니다. (이런 아이는 바깥에 나가면 대개 아무 일도 못합니다. 누가 그를 받아 주겠어요. 그러니 부모형제가 가진 걸 자꾸 빼먹으려 들게 되지요.)

어쩌다 보니 계속 딸들에 관한 얘기가 이어졌네요. 이야기에서 이런 식으로 딸이 등장하는 건 이야기 효과를 높이기 위한 것이라 할 수 있습니다. 홀로 나간 딸이 보란 듯이 성공을 거둘 때, 또는 연약한 여자아이가 무서운 괴물로 변할 때 더 극적인 반전이 될 테니까요. 어떻든, 아들 이야기 하나 잠깐 해볼까 합니다. 멀리 미얀마에서 전해 온 〈비구름 악어〉 이야기입니다. '여우 누이'하고 성격이 통하는 '악어 아들' 이야기지요. 어떤 내용일지 좀 예상이 되나요?

왜 주인공은 모두 길을 떠날까?

옛날에 늙은 어부 부부가 고기를 잡다가 악어 알을 발견하고 집 뒤 연못으로 가져왔다. 새끼 악어가 태어나자 부부는 '비구름'이라는 이름을 지어 주고 친자식처럼 사랑하며 키웠다. 악어가 커져서 더 이상 가까이 둘 수 없게 되자 부부는 그를 넓은 곳으로 떠나게 했다. 하지만 매일 정오마다 비구름을 불러서 음식을 주는 일을 그치지 않았다.

비구름은 점차 자만에 빠져 거칠어졌다. 어느 날 부부가 음식을 챙겨 가서 이름을 부르는 일을 잊어버리자 화가 난 비구름은 다음 날 어부의 다리를 물었다. 공물을 바치지 않은 데 대한 응징이었다. 자기를 아예 잡아먹으려고 드는 비구름한테 잠시 기도할 시간을 청한 어부는 신에게 자기가 죽으면 저 악어를 죽일 수 있는 존재로 태어나게 해달라고 빌었다.

어부를 잡아먹은 비구름은 사방으로 다니며 사람들을 잡아먹기 시작했다. 그렇게 세월을 보내던 비구름은 언젠가부터 양심의 가책을 느꼈다. 그는 사람을 해치는 일을 그만두고 그들과 좋은 친구가 되고자 했다. 마침내 사람의 모습을 하게 된 비구름은 아뇨라는 처녀와 결혼해 행복한 날을 보내게 됐다. 하지만 어느 날 마술사로 되살아난 아버지가 비구름을 찾아내서 자기 앞에 꿇렸다. 마술사는 일격에 악어를 쳐서 죽였다.

악어를 죽인 마술사는 가책과 회한에 사로잡혀 멀리 떠났다. 뒤늦게 그곳을 찾아온 비구름의 아내는 남편을 안고 슬프게 울었다. 그녀는 남편이 죽은 자리에 탑을 하나 세웠다고 한다.

어때요? 예상했던 것하고 비슷한가요? 뒤쪽의 반전이 좀 뜻밖이지요? 어떻든 무척 흥미로운 이야기입니다. 부모가 자식을 보살피고 사랑하는 일이란 도대체 무언지를 되새겨 보게 하는 뜻깊은 이야기이기도 하지요.

이야기는 어부 부부가 악어를 데려다 키웠다고 말하지만, 이 이야기는 친부모와 친자식에 대한 이야기라고 보아도 무방합니다. 저 부모는 사랑으로 자식을 키우지요. 그렇게 자라난 아들은 어느 날 부모 곁을 떠나 넓은 곳으로 갑니다. 말하자면, '세상'으로 나아간 것이겠지요. 이는 앞의 '여우 누이'와 차이가 나는 부분이라고 할 수 있습니다. 하지만 그다음 부분을 보면 얘기가 달라집니다.

저 부모는 매일 자식을 불러서 먹을 것을 줍니다. 조금 현실적으로 풀어서 말하자면 먹고살 자금을 대준 것이겠지요. 그러니까 저 아들은, 몸은 비록 나가 있지만 실제로는 여전히 부모의 울타리 안에 머물러 있었던 존재라 할 수 있습니다.

문제는 자식이 부모의 지원을 고마워하면서 스스로 일어서려 하는 게 아니라 받는 것을 당연한 일로 여긴다는 사실입니다. 그게 몸에 완전히 뱄기 때문이지요. 말 그대로 '악어'가 된 것입니다. 악어가 된 아들은 급기야 자기를 키워 준 부모를 공격해서 잡아먹고 맙니다. 부모가 가진 모든 것을 빼앗아 버린 거지요. 거기서 그치면 그나마 다행이겠는데, 악어 아들은 무고한 다른 사람들까지 마구 해칩니다. 몸에 자기중심적 공격성이 밴 탓이지요. 잘못 키운 자식이, 제대로 성장하지 못한 자식이 얼마나 무서운지를 소름 끼치도록 잘 보여 주는 이야기가 아닐 수 없습니다.

이야기는 저 비구름 악어가 뒷날 자기 잘못을 회개하고 '사람'이 되었다고 합니다. 늦었지만 다행한 일이었지요. 하지만 자신이 이미 저질러 놓은 일은 없어지지 않습니다. 그것은 부모한테 큰 후회와 상처, 또는 분노가 되어 남았습니다. 그래서 그 화가 결국 자기 자신한테로 돌아오고 맙니다. 자식을 제 손으로 죽이고 슬픔과 회한에 휩싸이는 부모. 그리고 그 참극 앞에서 눈물 흘리는 한 명의 무고한 여인. 그야말로 비극 중의 비극이 아닐 수 없습니다.

여우 누이와 마찬가지로 이 악어 아들의 비극도 거슬러 올라가면 그 근본 원인은 '잘못된 사랑'에 있다고 할 수 있습니다. 다 큰 자식을 품에 끼고서 먹고살 바를 챙겨 준 게 문제였지요. 달리 말하면, 자식이 부모의 품으로부터 벗어나 홀로 서지 못하고 의존의 삶을 이어간 것이 문제였습니다. 어떤가요? 나아가야 할 때 가지 못하고 머물러 안주한다는 것이 얼마나 무서운 일인지, 조금 감이 잡히지 않나요?

심청은 어떻게
머물고,
떠나고,
부활했나

아무 죄의식도 없이 부모 형제의 간을 빼 먹는 여우 딸, 먹을 것을 안 줬다고 아버지를 죽이는 악어 아들…… 세상에 어찌 이런 자식들뿐이겠습니까! 어떻게든 부모를 챙기고 돌보려는 가상한 자식들이 더 많겠지요. 정말 온 정성 다해서 부모를 봉양한 자식이라고 하면 대번에 떠오르는 사람이 하나 있지요. 바로 효녀 심청입니다. 그냥 '심청'이라 하면 안 되고 앞에 꼭 '효녀'라는 호칭을 붙여야만 어울릴 것 같은 그런 사람이지요.

심청 이야기를 어디서부터 해야 할까요? 어린 심청이 눈먼 아버지를 봉양하기 위해 음식 동냥을 하면서 고생하다가 아버지 눈을 뜨게 하려고 공양미 삼백 석에 몸을 판다는 사실은 누구나 다 잘 알 거예요. 그런데 그 이전에 심봉사가 어떻게 딸을 키웠는지에 대해서는 별 관심이 없고 또 잘 모르는 것 같더군요. 그 이야기부터 잠깐 해볼게요.

〈심청가〉나 〈심청전〉 원전을 보면 심봉사는 나름 인격자처럼 묘사되고 있습니다. 눈이 멀어 생활 능력이 없는 채로 아내 곽씨부인한테 의지해서 살고 있지만 늘 그 일을 미안하게 여기고 아내를 존중했다고 합니다. 기다리던 자식을 낳았을 때는 딸이라고 서운해하는 아내를 위로하며 딸이 더 좋다고 말하기도 하지요. 하지만 기쁨도 잠시, 아내가 출산 후유증으로 이레 만에 세상을 떠나자 심봉사는 그야말로 한심한 신세가 됩니다. 눈멀고 가진 재산도 없는데 핏덩어리 갓난아이를 챙겨야 했으니 말이지요. 자식 간수해서 키우는 것이 어디 보통 일인가요. 더군다나 이 사람은 집 밖 출입도 안 해본 눈먼 봉사인데 오죽했겠어요. 그냥 인생을 포기하고 싶은 마음이 굴뚝같았을 것입니다.

하지만 심봉사는 그 상황에서 주저앉지 않고 일어섭니다. 우는 아기를 안고 밖으로 나가 더듬더듬 마을을 다니며 아낙들한테 동냥젖을 얻어서 어린 딸을 키우지요. 아이가 배불러 웃으면 좋아라 어르면서 얼른 자라 엄마처럼 크라고 덕담도 많이 해줍니다. 그렇게 일 년 삼백예순 날을 한결같이 움직여서 딸을 예쁘고 착한 아이로 보란 듯이 키워 낸 아버지가 심봉사였습니다. 요즘 같으면 그야말로 '장한 아버지 상'을 받을 만한 일이었다고 할 수 있습니다.

심봉사의 일은 하나의 극적인 변화였다고 할 수 있습니다. 방 안에 머물러서 보살핌만 받는 무능한 존재에서 한 생명을 키우는 존재로 탈바꿈한 일이었으니까 말이에요. 그런 변화가 어떻게 가능했는가 하면 심봉사가 아이를 안고서 길로 나섰기 때문이라 할 수 있습니다. 불가능한 일 같았지만, 무작정 밖으로 나서고 나니까 마침내 길을 찾아낼 수 있었던 것이지요. 그리고 보면 바깥세상으로 나서는 일은 아이들한테만이 아니라 모두한테 다 필요한 일이라 할 수 있겠습니다.

이때까지는 그런대로 좋았습니다. 문제는 일찍 철이 든 심청이 고생하는 아버지를 불쌍히 여겨 생계를 도맡으면서 생겨나기 시작했지요. 서로 교대로 나선다든가 하는 식으로 역할 분담을 하면 좋았을 텐데 둘은 그러지 못했어요. 심봉사는 다시 방에 들어앉고 심청 혼자 밥을 빌러 나가고 일을 하러 다녔지요. 그런 딸을 안쓰러워하고 미안하게 여겼지만, 어느새 심봉사는 다시 무능력자가 되고 맙니다. 방 안에 앉아서 딸이 갖다 주는 것을 먹다 보니 그 생활에 익숙해진 것이었지요. 이야기는 심봉사가 오랫동안 밖을 나가지 않아서 길에 어두워졌다고 말하고 있습니다. 다리에서 떨어져 개천에 빠져 죽을 뻔한 것도 그 때문이었지요. 무능력자가 된 심봉사의 모습을 잘 보여 주는 대목입니다.

착한 심청은 아무 불평도 안 하고 기꺼이 아버지 봉양하는 일을 맡아서 합니다. 당연히 자기가 할 일이라 생각했지요. 눈먼 아버지가 자기를 힘들게 키운 걸 생각하면 그럴 만도 합니다. 하지만 문제는 이제 그가 없으면 아버지가 아무것도 못 할 상황이 됐다는 사실이에요. 말하 자면 어린 심청이 심봉사한테 부모 같은 존재가 된 셈이었지요. 늘 곁에서 아버지를 자식처럼 챙기는 딸, 어떤가요? 분명 아름다운 모습이지만 문제가 될 수도 있지 않을까요? 다른 걸 떠나서, 내내 그래서야 심청이 자기 삶을 살 수가 없잖아요? 아버지를 위한 삶도 물론 고귀한 것이지만, 그래도 자기 하고 싶은 일도 하고 좋은 사람도 만나야 할 텐데 말이지요. 요컨대 심청은 '부모 품에 안긴 것'과 또 다른 형태의 구속에 처한 상태였다고 볼 수 있습니다. 실제로 심청은 장승상댁 수양딸로 갈 수 있는 좋은 기회마저 아버지 생각에 다 포기해 버립니다. 겉으로 표현하지 않더라도 그건 큰 아픔이었을 거예요.

이래 가지고는 희망을 찾기가 참 어렵습니다. 아버지가 세상을 떠나든가 해야 자식이 자유로워질 수 있는 상황이라니 이건 아주 큰 모순이지요. 좋거나 싫거나 간에, 심청은 그게 당연한 일이고 또 행복한 일이라고 애써 생각하려 했겠지요. 그렇게 변화가 없는 같은 날들을 기약도 없이 이어 가야 했던 것이 심청의 처지였다고 할 수 있습니다.

그런데 어느 날 그런 불안한 지속의 상황에 변화가 생겨납니다. 심봉사가 자기를 살린 스님한테 공양미 삼백 석을 시주하겠다고 약속하면서 시작된 일이었지요. 밤낮으로 고민하던 심청이 택한 방법은 인당수 제물로 자기 몸을 팔고서 공양미를 얻는 일이었습니다. '죽음'을 자초한 일이니 그야말로 극단의 선택이었지요. 아직 철이 없는 데다가 워낙 순수한 아이였던지라 이런 결정을 한 것이라고 할 수 있습니다.

마침내 심청이 떠나는 날, 그 집에는 큰 사달이 납니다. 뒤늦게 사실을 안 심봉사가 발광하면서 딸의 떠남을 막으려 하지만 이미 늦은 뒤였지요. 심청은 슬피 울부짖는 아버지를 뒤로한 채 울음을 울면서 뱃사공들을 따라 길을 나섭니다. 다시 돌아올 수 없을 죽음의 길로요. 그건 정말 얼마나 슬픈 장면인지요. 그 모습을 지켜보는 모든 사람들이 눈물을 흘린 것이 당연한 일입니다.

그런데 얼마 뒤, 놀라운 반전이 일어납니다. 거친 바다에 훌쩍 뛰어든 심청이 용왕을 비롯한 신령들의 도움으로 살아나서 연꽃을 타고 세상에 나온 것이었지요. 그냥 그렇게 살아 나오기만 한 것이 아니라 임금하고 인연이 닿아서 왕비까지 됩니다. 그건 콩쥐나 신데렐라의 비상하고도 비교가 안 될 정도의 완전한 급비약이었다고 할 수 있습니다.

얼핏 보면 말이 안 되는 허튼 공상처럼 보입니다. 하지만 이야기의 의미 맥락을 잘 따라가 보면 그렇게 볼 일이 아닙니다. 거기에는 세상사의 미묘한 이치가 놀랍도록 정확하게 담겨 있지요. 간단히 말하면 이런 식입니다. 죽으러 떠난 그 길이 사실은 거듭 태어나는 길이었다는 것이에요.

무슨 말인지 대략 짐작이 가나요? 조금만 더 되짚어 볼게요. 심청은 아버지와 헤어져 바다로 '죽으러' 갑니다. 심청한테는 아버지와 헤어진다는 것 자체가 죽음과 같은 일이었다고 할 수 있지요. 그건 심봉사 입장에서도 마찬가지였습니다. 그런데 사실은 그들이 원래 처해 있었던 상황이야말로 죽음과 같았던 것이라고 말할 수 있습니다. 아버지의 삶을 통째로 책임지는 심청의 삶이란, 너무나 기특하고 갸륵한 것이지만, 자기를 죽이는 삶이었지요. 그 속에 지치고 짓눌리면서 어느새 자기 삶은 지워져 가고 있었다고 할 수 있습니다. 그 자기 소멸의 상황에서 벗어나기 위해서는, 강박적 책임의 일상에서 벗어나 자기 길로 나아가야만 했던 것입니다. 심청은 '자기 자신을 죽이면서'(그 죽음은 그러니까 '심리적 죽음'으로 해석할 수 있습니다) 아버지를 떠나 낯설고 먼 곳으로 나아감으로써 마침내 그 길을 찾아낸 것이라 할 수 있습니다.

심청이 집을 떠나 나아간 곳이 '바다'라는 사실은 무척이나 상징적입니다. 숲이나 산보다 더 험하고 거친 곳이 바로 바다입니다. 폭풍우가 몰아치고 사납게 소용돌이가 치는 거친 세상! 심청으로서는 거기 뛰어드는 건 곧 죽음일 것이었습니다. 하지만 어땠나요? 그렇지 않았습니다. 그 넓은 바다는 새로운 생명을 주는 재생의 공간, 부활의 공간이었지요. 거기 진정한 자기 삶이 기다리고 있었습니다. 그 속에서 심청은 완연히 새로 태어납니다. 세상 최고의 주인공으로요.

어찌 아니 그러할까요? 심청의 그 갸륵한 마음 씀으로, 또 어린 몸으로 아버지를 봉양해 온 그 놀라운 실천력으로 세상에서 가히 이루지 못할 일이 무엇이 있을까요? 모르긴 해도 무슨 일이든 남보다 열 배 백배 잘했을 겁니다. 아버지 생각에 더 열심히 움직였을 테니 더욱 그렇겠지요. 아마 온 존재에서 빛이 났을 거예요. 그러니 임금의 눈에까지

띄어서 그 짝이 된 것이겠지요. 심청이 왕비가 된 일을 허튼 공상이 아니라 정확한 진실이라고 보는 것은 바로 이런 맥락에서입니다.

심청은 길을 떠나서 이렇게 자기 삶을 찾았다지만 딸을 보낸 눈먼 아버지는 어떻게 하느냐고 생각해 볼 수 있겠지요. 그건 왕비가 된 심청한테도 가슴속의 멍과 같은 일이었습니다. 아버지가 어찌 됐을까 하는 생각에 눈물을 금할 수 없었지요. 아닌 게 아니라 딸이 죽으러 떠난 뒤 심봉사의 삶은 온통 흐드러지고 맙니다. 눈을 뜨기는 고사하고 뺑덕어미라는 사기꾼한테 넘어가 재산도 다 잃고 빈털터리 거렁뱅이 신세가 되지요. 어찌 보면 죽음만도 못한 상황이었다고 할 수 있습니다.

놀라운 것은 그 상황에서 심봉사가 다시 떨치고 일어선다는 사실입니다. 이야기는 돈을 다 털리고 옷마저 도둑맞아서 벌거숭이가 된 심봉사가 원님 행차에 뛰어들어 옷을 얻어 입고 노잣돈을 얻었다고 말합니다. 그 돈으로 왕궁 거지잔치를 가는 길에 길가에서 방아 찧는 아낙네들 일도 거들고, 안씨 맹인이라는 현숙한 여인을 만나 좋은 인연도 맺습니다. 그렇게 길을 나아가 왕궁에 이르게 되지요.

나는 그 일련의 과정이 심봉사가 다시 눈을 뜨는 과정이라고 여기고 있습니다. 심청이 떠나면 아무것도 못 할 것 같았지만, 실제 그 비슷하게 되기도 했지만, 결국 그는 이렇게 스스로 일어나서 길을 찾게 된 것이었지요. 사람은 어떻게든 자기 앞가림을 할 수 있게 되어 있다는 말을 떠올리게 하는 대목입니다. 돌아보면 저 심봉사는 완전 무능력자가 아니었지요. 예전에 아내가 죽은 절망적인 상황에서 갓난아이를 안고 집을 나서 그 아이를 훌륭히 살려 냈던 그런 사람이었습니다. 그때 그랬던 것과 비슷하게, 심봉사는 이렇게 다시 스스로 일어선 것이라는 게 나의 해석입니다.

드디어 저 아버지와 딸은 왕궁에서 눈물의 상봉을 합니다. 아주 감동적인 장면이지요. 서로를 진정으로 사랑하는 두 사람이 기적처럼 만나는 순간이니까요. 게다가 심봉사가 눈까지 번쩍 떴으니 얼마나 좋아요! 나는 만약 이 장면이 심청이 아버지를 찾아가서 만나는 식으로 돼 있었다면 감동이 덜했을 거라고 생각합니다. 심봉사가 몸을 움직여 거기까지 찾아왔기 때문에, 그렇게 두 사람이 각기 스스로 일어선 상태에서 서로 손을 맞잡는 형태의 만남이기 때문에 정말로 아름답고 감동적인 만남이 될 수 있었다는 말입니다.

이제 그들의 미래는 걱정할 필요가 없습니다. 심청은 심청대로 자기 삶을 살고 심봉사는 심봉사대로 자기 삶을 살면서(그는 길에서 만났던 안씨 맹인하고 결혼했다고 합니다) 행복하게 어울려 움직여 갔을 테니까요.

이거, 정말로 완전한 해피 엔딩 아닌가요? 저 힘들고 슬펐던 부녀가 이런 행복을 이루게 된 결정적인 계기가 무엇이었다고요? 그래요. 심청의 '길 떠남'이 그것이었습니다. 머무름과 길 떠남의 차이란 이렇게 크고도 큽니다.

길 떠난 앙가라의
슬픈 죽음,
그 너머

이야기를 하다 보니 마치 집을 나서서 길을 떠나면 일들이 다 잘 풀리는 것처럼 된 것 같네요. 옛이야기를 보면 그런 사연들이 많은 것이 사실입니다. 하지만 집을 떠나 넓은 세상으로 가는 일이란 무척 힘들고 위험한 일이기도 합니다. 자칫 죽음으로 이어질 수도 있지요. 이제 결연히 길을 떠났지만 슬프게 쓰러져 죽은 한 주인공에 대한 이야기를 해 보려 합니다.

벌써 십 년 가까이 됐네요. 시베리아 한편의 바이칼 호수 지역에 여행을 다녀올 기회가 있었습니다. 지금도 눈에 선할 정도로 그 풍광이 아름다웠지요. 한여름에도 발이 시려 서 있기 어려울 정도인 바이칼의 맑고 차가운 물은 최고였습니다. 숙소가 있었던 이르쿠츠크에는 바이

왜 주인공은 모두 길을 떠날까?

칼의 맑은 물이 나와 흐르는 아름다운 강이 있었지요. 바로 '앙가라 강'입니다. 그 강에는 슬픈 전설이 깃들어 있습니다.

바이칼 왕에게는 삼백여 명의 아들과 한 명의 딸이 있었다. 딸의 이름은 앙가라였다. 바이칼은 앙가라를 애지중지 사랑했다. 바이칼은 딸이 가까이 사는 이르쿠츠와 결혼하기를 원했다. 하지만 앙가라의 마음은 딴 데 있었다. 먼 곳에 사는 예니세이라는 청년을 사랑하고 있었다.

어느 날 앙가라는 바이칼의 눈을 피해 집을 나와 예니세이를 찾아 길을 떠났다. 그 사실을 안 바이칼은 격노했다. 그는 달아나고 있는 딸을 향해 커다란 바위를 집어던졌다. 바위는 딸에게 명중하여 앙가라는 그 자리에 쓰러져 죽고 말았다.

하지만 예니세이를 향한 앙가라의 마음은 죽어서도 변함이 없었다. 앙가라는 죽은 채로 한없이 눈물을 흘렸다. 그 눈물은 흐르고 또 흘러 강을 이루었다. 그리하여 예니세이한테로 가 닿았다. 이때부터 앙가라 강은 예니세이 강과 합쳐지게 되었다.

다른 모든 강물이 바이칼 호수로 흘러드는 데 비해, 앙가라 강은 유일하게 바이칼 호수로부터 흘러 나간다.

처음 딱 들었을 때 청춘 남녀의 슬픈 사랑 이야기라고 생각했어요.

앙가라와 예니세이의, 죽어 쓰러지면서도 눈물로 이어진 사랑. 비극적이면서도 뭔가 낭만적이지 않나요? 실제로 강물이 흘러가서 서로 합쳐지는 사실을 생각하면 더 그럴싸한 이야기가 됩니다.

하지만 가만히 음미해 보니까 부모와 자식의 관계가 이 이야기의 중심축이라는 깨우침이 다가오더군요. 자기 길을 찾아 떠나려는 자식과 자식을 곁에 두려는 부모 사이의 갈등 말이에요. 그리 낯설지 않은 설정입니다. 앞서 본 이야기 가운데 비슷한 게 딱 떠오르지 않나요? 그래요. 이들의 관계는 〈삼공본풀이〉의 강이영성과 가믄장아기, 그리고 〈온달〉의 평원왕과 평강공주를 떠올리게 합니다. 자기 뜻대로 움직이려고 하는 앙가라 공주는 평강공주나 가믄장아기와 무척 닮은 인물이라고 할 수 있지요.

그런데 평강공주와 가믄장아기가 길을 떠나서 자기 삶을 훌륭히 이루고 뒷날 부모의 인정을 받는 것과 달리 앙가라는 떠나가는 길에서 쓰러져 죽고 맙니다. 그건 강이영성이나 평원왕보다도 더 모질고 사나운 아버지 때문이었지요. 바이칼 왕이 바로 그입니다. 딸을 향해 바윗덩어리를 집어던지다니 해도 참 너무한 일이었어요.

어찌 보면 그 아버지의 심정을 이해할 수도 있을 것 같습니다. 그는 스스로를 세상에서 딸을 가장 사랑하는 아버지라고 여겼지요. 오래도록 옆에 두고 사랑하려고 했어요. 그런데 딸이 그 마음도 모르고 자기 사랑을 배반하고 짓밟네요. 자기 눈을 피해 몰래 도망을 치다니 얼마나

왜 주인공은 모두 길을 떠날까?

허망하고 속상했을까요. 사랑하는 딸을 향해 바위를 던질 때의 그 마음은 과연 어땠을지…… 어쩌면 딸이 바위에 맞아 쓰러졌을 때 저 아버지가 더 슬펐을지도 모릅니다. 그런데 이 일을 어쩌나요. 딸이 죽어서도 눈길을 반대편으로 향하고서 그쪽으로 눈물을 흘려보내니 말이에요. 예니세이를 향해 흘러가는 눈물을 보면서, 자기를 벗어나 멀리 흘러가는 강물을 보면서 바이칼 왕은, 또는 바이칼 호수는 정말로 아팠을 것 같습니다. 한번 흘러 나가면 되돌아올 수 없는 게 강물의 떠남이잖아요?

그래서 이 이야기는 아무래도 비극으로만 보입니다. 앙가라의 길 떠남이 자기도 죽이고 아버지도 죽이는 길이 됐으니까 말이에요. 그 잘못이 딸보다 아버지 쪽에 있다 하더라도 관계가 깨져 버린 건 변함없는 사실이지요. 그리고 그 하나의 원인이 딸이 길을 떠난 데 있었고요. 결과론이기는 하지만 이 경우에는 차라리 길을 떠나지 않는 편이 더 나았을 것 같다는 생각이 들기도 합니다.

하지만, 그렇지 않습니다. 아버지를 배반하고 속절없이 죽은 것 같은 저 앙가라는 사실은 바이칼을 구원했다고 하는 것이 나의 생각입니다. 이건 무슨 말인가요? 좀 엉뚱한 얘기 같지만, 시베리아 지역 지도에서 그 답을 찾을 수 있습니다. 바이칼에서 흘러 나가는 유일한 강물인 앙가라 강은 길게 굽이돌아 흐르다가 시베리아 한복판에서 예니세이 강과 만나지요. 그 강물은 시베리아를 북으로 가로질러 북극해에 이릅니다. 요컨대 바이칼 호수는 저 앙가라 강이 있기에 바다와 연결될 수 있었던 것이지요. 그러니 구원 아닌가요?

무슨 말인지 이해가 될지 모르겠습니다. 그래요. 물은 흐르지 못하고 고이면 썩기 마련이지요. 저 바이칼 호수도 마찬가지입니다. 만약 거기서 흘러 나가는 앙가라 강이 없었다면 바이칼 호수는 드넓은 시베리아 벌판 한 구석에 유폐된 채 죽음의 물이 되었을 것입니다. 하지만 바이칼은 우리가 보듯이 정말로 맑고 아름나운 호수입니다. 그로부터 흘러 나가는 앙가라 강이 있기 때문이지요.

부모와 자식의 관계가 꼭 그러합니다. 품 안의 자식이란 뜰 안의 화초일 뿐, 그를 통해 자기 삶이 펼쳐지지는 않습니다. 자식은 부모와 다른 세계로 나아가 그들 자신의 길을 찾아내야 합니다. 그것은 자기 자신의 삶을 실현하는 일일 뿐 아니라, 그들을 세상에 낸 부모의 존재를 확장하고 실현시키는 일이 됩니다. 요컨대 길 떠난 자식의 비극적 죽음을 전하는 이 이야기는 '그러므로 떠나지 않는 것이 낫다'고 말하고 있는 것이 아니라, '그렇더라도 떠나는 것이 답이다'라고 말하고 있다는 것이 우리의 결론입니다. 결국 다시 여기로 돌아왔네요.

사족蛇足 같지만, 만약 저 딸이 아버지 곁을 떠나지 않고 함께 살았다면 어땠을지 한번 생각해 보기로 하지요. 이 또한 옛이야기를 통해서 헤아려 보면 재미있는 일이 될 것 같습니다.

아버지가 딸을 사랑해서 옆에 두려고 하는 이야기 가운데 무척 인

왜 주인공은 모두 길을 떠날까?

상적인 것으로 그림 형제 민담집의 〈별별털복숭이Allerleirauh〉를 들 수 있습니다. 이 이야기 속의 아버지는 아내가 죽은 뒤 새 짝을 찾다가 어느 날 자기 딸이 죽은 아내와 똑같이 아름답다는 사실을 깨닫고 딸을 아내로 삼으려고 합니다. 딸에 대한 사랑이 그를 괴물로 만들어 버린 셈이지요. 그것은 딸에게도 큰 상처였습니다. 딸은 겨우 궁궐에서 도망쳐 나오지만 온몸에 짐승의 가죽을 뒤집어쓴 흉측한 모습을 한 채로였습니다. 상처받은 공주가 그 가죽을 벗어던지기까지는 길고도 힘든 과정이 필요했지요. 그나마 공주가 최후의 순간에 궁궐을 빠져나왔기에 망정이지 그러지 못했다면 어찌 됐을지 생각만 해도 끔찍한 일입니다.

물론 이 또한 이야기적인 과장을 담고 있습니다. '딸과의 결혼'이나 '가죽 뒤집어쓰기' 같은 것은 실제 현실하고는 거리가 멀지요. 하지만 '상징'과 '의미'의 측면에서 보면 그렇지 않습니다. 이 이야기는 이와 같은 화소들을 통해서 부모가 사랑이라는 명목으로 자식을 붙잡아 두는 것이 얼마나 흉하고 모순적인 일인지를, 자식이 그 안에 갇히는 것이 얼마나 위험하고 치명적인 일인지를 잘 보여 주고 있다고 할 수 있습니다.

세상을 보면 의외로 이런 부모와 자식이 많은 것 같습니다. 딸을 끼고 도는 아빠들 외에 아들을 끼고 도는 엄마들을 아주 많이 보게 됩니다. 극단적으로는 결혼한 아들이 자기 아내와 가까이 못 하도록 방해하는 엄마도 꽤 많다고 합니다. 여전히 자식을 '내 것'으로 두려고 하는 것이겠지요. 이는 딸하고 결혼하려 드는 이야기 속의 저 아버지와 크게 다를 바 없는 행태라 할 수 있습니다. 순리를 벗어난 일이지요. 자식은 때가 되면 놔주는 것이 답입니다. 바꾸어 말하면, 자식은 때가 되면 부모 품을 떠나 자기 삶을 사는 것이 답입니다. 힘들더라도 그리해야만 합니다.

나의 말이 아닙니다. 오래전부터 흘러온 옛이야기들이 거듭 확인시켜 주는 인생의 이치입니다.

콩쥐와 신데렐라는 '일 하는' 인물입니다.

방에 머물러 웅크리는 인물이 아니라

움직이는 인물이지요.

그렇게 바깥세상과 접속하는 가운데

자신의 숨은 가치를 확인하고

빛나는 비약을 이룰 수 있었지요.

머무름과 길 떠남의 차이란

이렇게 크고도 큽니다.

4장.

길 떠난
주인공들
따라가 보기

집을 떠나 바깥세상으로 가는 일은 따지고 보면 그리 어려운 일이 아닙니다. 그냥 나서서 떠나면 그만이지요. 그 길 떠남이란 기본적으로 즐겁고 신 나는 일입니다. 생각지 못한 놀라운 일들이 기다리고 있지요. 이제 훌쩍 길을 떠나서 아찔하고 짜릿한 모험의 세계로 찾아들어 간 주인공들을 이리저리 따라가 보면서 그들이 어떤 일들을 겪는지 살펴보도록 하겠습니다. 무척 유쾌하고 활달한 이야기가 될 것입니다. 느긋이 긴장을 풀고서 넉넉한 마음으로 즐기면 좋겠습니다. 옛날얘기는 편안하게 즐기는 게 제맛이거든요.

주먹이,
크나큰 세상 속
자그마한 존재

옛이야기는 상상의 문학입니다. 이야기 속에는 세상에서 듣도 보도 못한 신기한 존재들이 가득하지요. 머리가 몇 개씩 달린 괴물이나 아득히 몸집이 큰 거인들이 길이나 숲을 훌쩍 활보합니다. 그런 괴물이나 거인을 보기 좋게 제압하는 힘센 용사나 신통한 재주꾼들도 속속 등장하지요.

그런 크고 위압적인 존재들 이상으로 마음을 끄는 게 누구냐면 아주 작고 미약한 존재들입니다. 눈에 잘 안 띌 정도로 작은 사람들이 그들입니다. 어느 정도냐면 크기가 보통 사람의 손바닥이나 손가락 크기밖에 안 될 정도. 외국 동화 속의 '엄지동자'나 '엄지공주' 등이 유명하지만 우리 옛이야기에도 그런 주인공이 있습니다. 일컬어 '주먹만 한 아이', 또는 '주먹이'입니다. 동화적인 이야기니까 동화식으로 풀어 보도록 하지요.

옛날에 어떤 나이 든 부부가 살았는데 자식을 두는 게 소원이었어요. 어떻게 생긴 아이라도 좋으니 한번 낳아서 키워 보면 좋겠다고 했어요. 하늘이 그 마음을 알았는지 드디어 자식이 생겼는데 낳고 보니까 어찌나 작은지 어른 주먹만큼밖에 안 됐어요. 밖에 나돌아다닐 나이가 됐는데도 크기가 그대로였지요. 아이 이름도 그냥 '주먹이'가 됐어요.

주먹이는 작아도 남들 하는 일은 다 했어요. 공부도 하고, 일도 거들고, 장난을 하며 말썽도 피웠지요. 하루는 아버지가 낚시를 간다기에 주먹이는 아버지 주머니에 들어앉아서 따라갔어요. 영 심심하고 갑갑했던 주먹이는 주머니에서 빠져나와서 이리저리 쏘다니기 시작했지요. 아버지가 멀어져 가는 것도 모르고 말이에요.

정신이 팔려서 이리저리 다니던 주먹이가 이상한 소리를 듣고 고개를 들어 보니 커다란 누렁소였어요. 소는 풀을 먹고 있었지요. 주먹이는 깜짝 놀라 도망쳤지만 풀과 함께 누렁소 입에 휩쓸려 들어갔습니다. 그 속은 딴 세상이었지요. 이리저리 굴러다니다 보니 죽을 지경이었어요. 주먹이는 온 힘을 다해서 안에서 쾅쾅 차고 긁고 꼬집었지요. 그러자 속이 불편해진 소가 똥을 뿌지직 쌌어요. 주먹이는 똥 속에 묻혀서 밖으로 나왔습니다.

주먹이가 똥을 터는데 갑자기 하늘이 컴컴해지면서 솔개가 날아와 훌쩍 낚아챘어요. 솔개가 높이 날아오르니까 온 세상이 발 아래였지요. 낯익은 모습도 보였어요. 주먹이는 무서우면서도 신이 났지요. 그때 웬 황조롱이가 솔개한테 달려들지 뭐예요. 서로 주먹이를 차지하려고 싸움이 붙었어요. 그 서슬에 주먹이는 솔개 발에서 놓여나 아래로 까마득히 떨어졌습니다.

주먹이가 떨어진 곳은 다행히 땅이 아닌 강물이었어요. 살았구나 싶었더니 큰 쏘가리가 공격해 왔어요. 주먹이는 죽어라 도망쳤지만 쏘가리한테 꿀꺽 삼켜지고 말았지요. 쏘가리 배 속은 아주 좁고 답답했어요. 아무리 몸부림쳐도 빠져나갈 도리가 없었지요. 주먹이는 죽는구나 싶어서 아버지 어머니를 소리쳐 불렀습니다. 마침 그때 아버지가 낚시로 쏘가리를 낚아 올렸는데 안에서 이상한 소리가 나지 뭐예요. 꼭 주먹이 목소리 같았어요. 쏘가리 배를 가르니까 주먹이가 폴짝 튀어나왔지요.

주먹이 이야기를 들은 아버지는 배를 잡고 웃었어요. 동네 사람들도 주먹이 모험 이야기를 듣고는 다들 놀라면서 즐거워했답니다.

한 편의 신기하고 유쾌한 모험 이야기입니다. 흥미로운 사실은 이 이야기가 서양의 〈엄지동자〉 이야기의 사연하고 아주 비슷한 면이 많다는 점입니다. 손바닥보다 작은 아이가 주인공이라는 것도 그렇지만 벌이는 소동도 꽤 비슷합니다. 엄지동자는 쥐구멍에 숨고 암소한테 삼켜져 배 속으로 들어가고 또 늑대한테 삼켜졌다 빠져나오는 일을 겪지요. 엄지동자가 건초에 휩쓸려서 소한테 삼켜지는 것이나 아버지가 아들 목소리를 듣고 늑대를 죽여서 엄지동자를 구하는 건 〈주먹이〉하고 정말로 비슷합니다. 수만 리 떨어진 곳에서 이렇게 비슷한 이야기가 발견된다니 참 신기한 일입니다. 옛이야기에는 이런 경우가 아주 많지요. 〈콩쥐팥쥐〉와 〈신데렐라〉가 아주 비슷한 건 무척 유명한 일입니다. 이런 현상은 옛이야기가 먼 여행을 통해서 옮겨 간 것으로 설명되기도 하고 사람들의 사유에 원형적 공통성이 있어서 발생한 일로 해석되기도 합니다. 어느 쪽이든 무척 흥미로운 연구 대상이 됩니다.

이야기로 돌아가 볼까요? 어떤가요. 주먹만 한 크기의 어린아이라니 상상이 가나요? 아마도 조그마한 인형 같았을 거예요. 이렇게 작은 아이가 진짜로 살아서 깔깔거리면서 우당탕퉁탕 뛰어다닌다면 얼마나 재미있는 일일까요? 정말로 귀여워서 참을 수 없을 것 같습니다.

아버지 주머니에서 뛰쳐나온 주먹이한테 세상은 참 크고 험한 곳이었습니다. 황소나 솔개 같은 것은 말할 것도 없고, 개미나 거미 같은 것도 자기 몸만큼 컸을 테고 쥐나 고양이 같은 것은 호랑이처럼 느껴졌을 테니 얼마나 무서웠을까요. 이건 뭐 겁이 나서 돌아다니지 못할 지경일 것 같습니다. 온통 무섭고 위험한 것 천지이니 아예 밖으로 나오지 않고 주머니 속에 가만히 들어앉아 있는 것이 상책일 것처럼 생각되기도 합니다.

하지만 그렇게 들어앉아 있으면 무슨 재미이겠어요! 넓은 세상을 맘껏 쏘다니며 이런저런 신기한 일들을 맘껏 겪어 보는 게 맞는 일이지요. 황소한테 삼켜져 배 속을 굴러다니고, 솔개 발에 매달려 하늘 높이 날아가고, 강물에 빠져 쏘가리 배 속에서 끙끙거리고……. 생각하면 겁나는 일이지만 그건 어찌 보면 꽤나 신 나는 모험이기도 합니다. 하늘을 훌쩍 날아가면서 세상을 발 아래로 내려다보는 일, 짜릿하지 않겠어요? 다른 사람은 해볼 수 없는 혼자만의 일이기 때문에 주먹이의 모험은 더 놀랍고 즐거운 것이라 할 수 있습니다.

주먹이가 겪은 이런 모험들이 우리 같은 사람하고는 상관없는 주먹이만의 일이라고 한다면, 그건 좀 서운할 수도 있겠습니다. 우리가 주먹이처럼 작아질 수 없는 노릇이고 보면 그 모험은 실제로 '남의 일'처럼 보이기도 합니다. 하지만 정말로 그럴까요? 우리는 주먹이가 될 수 없는 것일까요? 아니, 그렇지 않습니다. 따지고 보면 우리들 모두 저 주먹이와 같은 존재일지 모릅니다.

우리가 어떻게 주먹이냐고요? 정말 크고도 넓은 게 이 세상이잖아요. 하늘이든 땅이든 참으로 아득해서 끝이 없습니다. 저 높은 곳에서 내려다보면 아무리 덩치 큰 사람이라도 주먹은커녕 개미보다 작아 보일 거예요. 주먹이가 황소 배 속에 들어가고 솔개 발톱에 채였다고 하지만, 우리도 마찬가지입니다. 세상에 우리를 통째로 삼키거나 낚아채려고 하는 무서운 함정들이 얼마나 많은지 모릅니다. 자칫하면 꿀꺽 먹히기 십상이지요. 그러니 우리도 일종의 '주먹이'라고 할 수 있지 않겠어요?

중요한 건 세상을 대하는 태도입니다. 세상이 크고 무섭다고 숨어서 피한다면 어떻게 될까요? 그건 마치 주먹이가 아버지 호주머니 속에 갇혀 있는 것과 같은 일입니다. 편하고 안전할지 모르지만, 지루하고 따분한 일이지요. 또 작은 주머니 속이니까 꽤나 어둡고 답답할 거예요. 맞습니다. 주머니 속이라고 꼭 안전한 것도 아니에요. 그 속에 가만히 웅크리고 있다 보면 오히려 큰 병이 날지도 몰라요. 누가 주머니를 짓누르거나 꽁꽁 봉하면 그 속에서 찌그러지거나 질식할 수도 있지요. 기억나나요? '집'이 지니는 빛과 그림자. 저 주머니가 꼭 집과 같다고 할 수 있습니다.

그래요. 저 주먹이처럼 밖으로 나와서 이리저리 움직이는 게 답입니다. 꽁꽁 갇혀서 아무 일도 못 한 채 한세월 보내고 떠난다면 그건 인생의 낭비라 할 수 있지요. 심하게 말하면, 살았다고 말하기도 어려울거예요. 세상 속에서 이리저리 부딪치면서 힘든 일도 겪고 그것을 애써헤쳐 나가고 하는 것이 '사는 일'이라 할 수 있습니다. 궁하면 통한다고, 또는 하늘이 무너져도 솟아날 구멍이 있다고, 어려운 일이 있으면 거기서 벗어날 방도도 있게 마련이지요. 그렇게 지나고 나면 그건 사람들한테 자랑할 만한 멋진 모험, 빛나는 추억으로 남게 됩니다. 저 주먹이의 여행이 그랬던 것처럼 말이지요.

혹시 〈북 치는 소년〉 이야기 들어본 적 있나요? 주인공이 늘 북을 가지고 다니면서 두드리곤 해서 '북 치는 소년'이지요. 그는 주먹이나 엄지동자하고 달리 일반적인 체구의 보통 아이예요. 그런데 그가 겪는 모험을 보면 주먹이의 일하고 무척 비슷한 면이 있습니다. 숲 속에 들어간 소년은 커다란 거인과 만나지요. 거인 앞이 소년이란 꼭 황소 앞의 주먹이와 같다고 할 수 있습니다. 이때 소년이 어떻게 하느냐면 북을 둥둥 두드립니다. 거인 정도는 아무것도 아니라는 식으로요. 그렇게 하니까 소년이 정말로 거인처럼 됩니다. 북소리에 놀란 거인이 소년이 대단한 존재라고 생각해서 그를 돕게 되거든요. 거인의 힘이 자기 것이 된 거지요. 이것이 바로 옛이야기가 전하는 세상사의 이치입니다.

어떤가요? 이 넓은 세상, 북 둥둥 두드리면서 한번 멋지게 놀아 봐야 하지 않겠어요?

왜 주인공은 모두 길을 떠날까?

'예쁜 꽃'과 '과자의 집'이라는 함정

누렁소한테 삼켜지고 쏘가리한테 먹혔던 주먹이는 위험에서 곧잘 벗어나는 모습을 보입니다. 그런데 세상에 도사린 위험이란 실제로 그리 만만한 게 아니라 할 수 있어요. 그가 진짜로 동물한테 삼켜졌다면 그리 쉽게 빠져나올 수는 없었을 거예요. 세상에 도사리고 있는 함정들은 참 많고도 무섭습니다. 이제 그런 함정에 빠져들어 곤경을 겪었던 주인공들을 따라가 보기로 하지요.

〈빨간 모자〉 이야기 다 들어봤을 거예요. 세계적으로 유명한 옛이야기지요. 한번 잠깐 내용을 환기해 볼까요? 옛날 한 마을에 예쁜 아이가 있었지요. 아주 사랑스런 아이였어요. 아이는 할머니한테 선물 받은 예쁜 빨간 모자를 쓰고 다녔지요. 그래서 '빨간 모자'라고 불렀어요.

어느 날 엄마는 빨간 모자한테 숲 속에 사는 할머니께 먹을 걸 갖다 주라고 시킵니다. 숲에 들어가면 길을 벗어나지 않게 조심하라고 하면서요. 하지만 빨간 모자는 그 말을 흘려듣지요. 숲에서 만난 늑대가 숲 속에 핀 꽃을 좀 보라고 말하니까 그 말에 혹하고 맙니다. 할머니한테 가져가야겠다면서 숲 속을 여기저기 다니며 꽃을 따기 시작하지요. 그러다 보니 점점 깊이 숲으로 들어가고 시간은 훌훌 흘러갑니다. 깜짝 놀라 깨달았을 때는 꽤 시간이 지난 뒤였지요. 뒤늦게 다시 길을 찾아서 할머니 집으로 갔지만, 이미 큰일이 벌어진 뒤였어요. 늑대가 먼저 와서 할머니를 잡아먹었던 거예요. 할머니로 변장하고 누워 있던 늑대는 빨간 모자마저 꿀꺽 삼켜 버리고 맙니다.

이 이야기는 '숲'으로 표상되는 '세상'의 빛과 그림자를 아주 잘 보여 줍니다. 빨간 모자가 찾아간 숲에는 밝은 햇살이 내리고, 새가 노래하고, 예쁜 꽃들이 피어 있었지요. 아름답고 충만한 생명의 장소였어요. 하지만 거기는 '늑대'가 횡행하는 곳이었습니다. 그건 단순한 위협에 그치지 않고 '나'라는 존재를 통째로 소멸시킬 수 있는 무서운 함정이었지요.

흥미로운 사실은 늑대가 바로 아이를 잡아먹는 대신 숲 속으로 들어가도록 유도한다는 사실입니다. 할머니를 먼저 잡아먹기 위한 계략이라고도 할 수 있지만, 좀 이상한 면도 있어요. 아이를 먼저 잡아먹은 다음에 할머니를 잡아먹으러 갈 수도 있었을 테니 말이지요. 어떤가 하

왜 주인공은 모두 길을 떠날까?

면 이 이야기에서 무서운 함정은 '늑대'보다 '꽃'에 있다고 할 수 있습니다. 사람 마음을 잡아끄는 예쁜 존재가 바로 꽃이지요. 꺾어서 가지고 싶은 대상입니다. 그러니까 그것은 '유혹'을 상징하는 것이라 할 수 있습니다. '아름다운 유혹'이라고나 할까요? 예쁜 아이 빨간 모자는 그 유혹에 넘어가 함정 속으로 점점 깊이 들어갔던 것이고 길을 잃었던 것이라 할 수 있습니다. 그러는 사이에 할머니가 죽고, 이어서 자기도 죽게 되었으니 그 아름다운 '꽃의 유혹'은 실상 사람을 죽이는 무시무시한 함정이었지요. 그 함정이 정말로 무서운 이유는, 늑대 같은 경우 미리 경계하면서 피할 수 있지만 이 경우는 자기도 모르게 흠뻑 빠져든다는 데 있습니다. 보이지 않는 함정이 더 무서운 법이지요.

빨간 모자와 비슷하게 함정에 빠졌던 또 다른 아이들이 있습니다. 더 매력적이고 더 무시무시한 함정이었지요. 역시 세계적으로 유명한 이야기 〈헨젤과 그레텔Hänsel und Gretel〉의 주인공 남매가 그들입니다.

이 이야기가 어떻게 시작되는지는 잘 알 거예요. 큰 숲 근처에 가난한 나무꾼 부부가 살고 있었지요. 어찌나 가난했는지 흉년이 들자 하루 먹을 빵도 못 구할 지경이었어요. 고민하던 부부는 어린 자식 남매를 깊은 숲 속으로 데려가서 내버려 두고 오기로 합니다. 그 말을 엿들은 아이들은 슬픔에 빠졌지요. 다음 날 숲 속에 갈 때 아이들은 꾀를 내서 바닥에 자갈을 떨어뜨렸다가 그걸 보고서 집을 찾아옵니다. 하지만 다음번에는 자갈을 구할 수 없었지요. 할 수 없이 빵 조각을 떨어뜨려 두었는데 새들이 다 쪼아 먹는 바람에 길을 찾을 수가 없었습니다. 아이들은 숲에서 길을 잃고 이리저리 헤매는 신세가 되었지요.

이어지는 순서는 무엇일까요? 그래요. 마녀가 사는 '과자 집'을 만날 차례입니다. 이 대목은 좀 자세하게 보도록 할게요.

아이들은 어느새 숲 속에서 사흘째 아침을 맞고 있었다. 그들은 점점 더 깊은 숲 속으로 들어갔다. 내내 굶주린 터라 곧 여위어 죽기 직전이었다. 한낮이 됐을 때 아름답게 지저귀는 예쁜 새를 발견한 헨젤과 그레텔은 새를 따라가기 시작했다. 새는 어느 작은 집 지붕에 앉았다. 그 집은 전체가 빵으로 만들어졌고, 지붕은 과자, 유리창은 사탕으로 돼 있었다. 배고팠던 남매는 집으로 다가가 배를 채우기 시작했다. 오빠인 헨젤은 지붕에 올라가 과자를 뜯어 먹었고 동생 그레텔은 유리창 옆에서 사탕을 갉아 먹었다. 그때였다. "누가 내 집을 씹어 먹는 거지?" 하는 소리가 들려왔다. 하지만 아이들은 먹기를 멈추지 않았다. "바람이에요" 하고 둘러대고서 정신없이 과자와 사탕을 먹었다. 그때 갑자기 문이 열리면서 웬 노파 하나가 지팡이에 의지하고 밖으로 나왔다.

벽이 빵으로 이루어지고 지붕은 과자, 유리창은 사탕으로 된 집, 상상만 해도 신기합니다. 하지만 그 집은 아주 무서운 곳이었어요. 노파

왜 주인공은 모두 길을 떠날까?

가 어떻게 했는지, 그다음을 보도록 할게요.

노파는 아이들한테 집에 들어가 자기와 함께 살자고 했다. 집 안에는 훌륭한 식사와 포근한 잠자리가 마련돼 있었다. 아이들은 마치 하늘나라에 온 것처럼 편안했다. 하지만 노파는 그렇게 걸려든 아이들을 요리해서 먹는 무서운 마녀였다. 잠든 두 아이를 보면서 마녀는 흉한 미소를 지으며 입맛을 다셨다. 마녀는 헨젤을 움켜쥐고 우리로 끌고 가 격자문 속에 가두었다. 헨젤이 비명을 질렀으나 소용없었다. 이어서 그레텔을 깨운 노파는 헨젤에게 먹일 음식을 요리하라고 시켰다. 살을 찌워서 잡아먹으려는 심산이었다. 헨젤은 세상에서 제일 좋은 음식을 먹으면서 끓는 물 솥에 들어가 죽을 날만 기다리게 되었다.

정말로 무시무시합니다. 아이들을 그냥 죽이는 것도 아니고 요리해서 음식으로 먹는다니 말이에요. 마녀가 아이들 살을 찌워서 죽이려고 시간을 보낼 때, 우리 속에 갇혀 있는 헨젤은 얼마나 무서웠을까요? 그게 오빠를 죽이는 일인 줄 알면서도 할 수 없이 요리를 해서 갖다 주는 그레텔의 심정은 또 어떻고요. 모르긴 해도 그건 죽음보다 더한 공포였을 거예요.

겉으로 보면 이게 다 마녀의 교활한 계략 때문이라고 할 수 있겠지요. 하지만 이야기 안쪽을 잘 들여다보면 좀 다른 의미를 읽어 낼 수 있습니다. 그 핵심은 바로 '과자의 집'에서 찾을 수 있지요. 그 신기한 집이 사실은 겉과 속이 다른 큰 함정이었던 것입니다. '과자의 집'이 지니고 있는 겉모습과 속모습이 어떻게 다른지, '대립적 요소'로 한번 정리해 볼까요?

겉모습 :	밝음(낮)	예쁨	맛있음	매력적임	생명
속모습 :	어둠(밤)	흉함	해로움	끔찍함	죽음

  이야기로 돌아가 보면, 남매가 처음 과자의 집을 발견했을 때는 햇살이 내리쬐고 새가 우는 한낮이었어요. 밝음 그 자체였지요. 하지만 안으로 들어가니까 어둠이 내려 밤이 됐지요. 그러자 집은 숨겨졌던 본색이 드러납니다. 예쁘고 맛있는 줄로만 알았던 매력적인 그 집은 사실은 마녀가 사는 아주 흉하고 끔찍한 곳이었어요. 그 맛있는 과자와 사탕은 배고픈 아이들을 살려 주는 생명의 존재인 줄 알았지만 사실은 죽음을 부르는 해로운 존재였지요. 집 안에 갇힌 아이들은 꼼짝없이 끔찍한 죽음으로 빠져들어 가게 됩니다.

  이제 저 과자의 집이 무엇을 상징하는지 감을 잡을 수 있겠지요. 그래요. 그것은 바로 세상에 도사리고 있는 '달콤한 유혹'을 나타낸다고 할 수 있습니다. 아주 가깝게는 아이들이 좋아하는 과자와 사탕, 아이

왜 주인공은 모두 길을 떠날까?

스크림 같은 것이 거기 해당되겠지요. 예쁘고 맛있어 보여서 자꾸 입에 넣게 되지만 실제로는 건강을 해치는 게 그런 먹을거리들의 본모습이잖아요. 하지만 저 '달콤한 유혹'은 세상사 다른 일들에도 폭넓게 적용해 볼 수 있습니다. 화투나 카드놀이, 경마 같은 '도박'이 아주 좋은 예가 됩니다. 금방 돈을 벌 것처럼 큰 마력으로 사람들을 유혹하지만 사실은 사람을 가둬서 죽음으로까지 몰아넣는 끔찍한 함정이니 말이에요. 그래요. 젊은이들이 좋아하는 컴퓨터 게임에도 그런 면이 있습니다. 한번 중독돼서 빠져들면 사람을 어느새 '폐인'으로 만들어 버리니까 말이에요. 알코올 중독 같은 것도 이 상황에 아주 꼭 들어맞습니다. 그것 말고도 많아요. 아마 모든 형태의 '중독中毒'이 다 들어맞을 것 같습니다. '이게 아닌데' 하면서도 벗어나질 못하니, 그게 자기를 죽이는 일인 줄 알면서도 어느새 그 일을 하고 있으니 정말 무서운 일이 됩니다.

그럼 어떻게 해야 하지요? 어찌해야 이 무서운 함정에서 벗어날 수 있는 걸까요? 이야기는 이에 대한 답까지 말해 줍니다.

그레텔은 노파가 자기를 빵 가마 속에 넣어서 죽이려 한다는 사실을 눈치채고서 가마로 어떻게 들어가는 건지 모르겠다고 말했다. 노파는 멍청한 계집이라고 화를 내고는 시범을 보이겠다며 불꽃이 이글대는 빵 가마로 다가가 안으로 고개를 들이밀었다. 그때 그레텔은 할머니를 안으로 툭 밀쳐 넣고서 철문을 닫고 빗장을 걸었다.

노파가 울부짖었다. 그레텔은 도망했고 마녀는 비참하게 타 죽고 말았다. 그레텔은 우리를 열어서 오빠를 나오게 한 다음 함께 마녀의 집을 떠나 숲으로 향했다.

그래요. 정신 똑바로 차리고 마녀를 뜨거운 솥에 집어넣어서 불태워 죽이는 것. 이게 답이었습니다.

마녀가 헨젤과 그레텔을 죽여서 먹으려 하는 것도 그렇지만, 어린 소녀가 노파를 불에 넣어서 태우는 것은 아주 끔찍해 보입니다. 실제로 위 대목은 옛이야기가 무척 잔인하다는 걸 보여 주는 증거로 많이 인용되곤 하지요. 하지만 이를 '아이가 실제로 사람을 불태워 죽인 일'처럼 상상하는 것은 이야기의 논리와 맞지 않습니다. 이런 상상의 이야기는 비유와 상징으로 읽어야 하는 법이지요. 그레텔이 노파를 죽인 일도 마찬가지입니다. 저 노파는 '아이들을 과자의 집으로 끌어들여 가두려는 무서운 힘'을 상징한다고 할 수 있습니다. 그를 왜 저렇게 불태워 죽이는가 하면 그렇게 해야만 저 무서운 함정으로부터 헤어날 수 있기 때문입니다. 자기를 잡아당기는 유혹과 완전히 단절해야만 자신을 가둔 감옥으로부터 빠져나올 수 있다는 말입니다. 두 아이는 아주 힘들게 그 일을 해내지요. 그레텔이 아직 완전히 갇히지 않고 정신을 차리고 있었기 때문에 가능했던 일이었습니다.

그렇습니다. 쉽지 않은 일이지만 그냥 포기하는 대신 정신을 바짝 차리고 길을 찾으면 위험에서 벗어날 방법이 나타나게 되지요. 옛이야기의 주인공들은 그 일을 곧잘 해내곤 합니다. 많은 경우 스스로 문제를 해결하며, 때로는 다른 이가 그들을 돕기도 합니다.

다시 〈빨간 모자〉 이야기로 돌아가 볼까요? 할머니와 함께 늑대한테 먹혔던 빨간 모자는 어떻게 됐을까요? 그는 헨젤과 그레텔보다 더 어려운 지경에 빠진 상태였습니다. 자기 힘으로 늑대 배 속을 벗어날 도리가 없었지요. 빨간 모자가 배 속에서 신음하고 있을 때 구원자가 나타납니다. 사냥꾼이 지나다 늑대를 발견하고 배 속에 뭐가 있다는 걸 알게 되지요. 그가 가위를 가져다가 배를 가르자 빨간 모자가 나오고 이어서 늙은 할머니가 나옵니다. 빨간 모자가 얼른 돌을 가져다 늑대 배 속을 채우자 도망가던 늑대는 돌멩이 무게를 못 이기고 쓰러져 죽게 됩니다. 그렇게 빨간 모자는 다시 살아나 길을 가게 된다는 것이 이 이야기의 결말입니다.

빨간 모자는 극한의 상황에서 구원자 덕에 살아납니다. 모든 게 끝이구나 하는 절망의 상황에서도 구원의 길은 있다는 걸 보여 주는 장면으로 해석할 수 있지요. 중요한 것은 빨간 모자가 늑대 배 속에서도 어떻게든 숨을 쉬고 있었다는 사실입니다. 그가 완전히 죽지 않고 살아 있었던 것은 빨간 모자의 잘못이 아직 그렇게 치명적인 것은 아니었기 때문이라고 생각해 볼 수 있습니다. 따지고 보면 늑대한테 속아서 한 번 실수를 한 것이었잖아요? 그러니 이렇게 되살아날 기회가 주어지는 거지요. 한 번 잘못은 어떻게든 회복할 기회를 주는 것이 옛이야기의 일반적인 법칙이기도 합니다.

　한 가지 눈여겨볼 것은 마지막에 빨간 모자가 늑대 배 속에 돌멩이를 채우는 행동입니다. 그는 그렇게 해서 늑대를 죽게 만들지요. 그레텔이 마녀를 죽이는 것과 통하는 모습입니다. 이제 같은 실수를 반복하지 않겠다는 것을, 허튼 유혹에 넘어가 길을 잃지 않겠다는 것을 빨간 모자는 그렇게 확인시켜 주고 있지요. 그 이후로 빨간 모자가 어떻게 됐을지는 길게 말하지 않아도 알 수가 있습니다. 다시는 길을 잃지 않고, 늑대의 유혹에 넘어가지 않고 제 길을 곧바로 나아갔을 겁니다. 넘어졌다가 다시 일어서면 더 씩씩해지는 법이지요.

땅속에 갇힌
젊은이는
어떻게 살아났나

빨간 모자와 헨젤, 그레텔에 이어 우리가 따라갈 사람은 깊고 깜깜한 땅속에 깊이 갇혔다가 살아난 젊은 용사입니다. 땅속 나라 큰 도적을 물리친 사연을 담고 있어서 〈지하국 대적 퇴치 설화〉라 일컬어져 온 이야기지요. 전 세계에 널리 퍼진 이야기로 한국에도 많은 자료가 전해져 왔습니다. 그중 '아귀귀신'이 등장하는 이야기를 소개할게요.

옛날에 아귀귀신이라는 큰 도적이 있었다. 그는 불쑥 나타나 세상을 요란케 하고 예쁜 여자를 잡아가곤 했다. 어느 날 다시 나타난 아귀귀신은 임금의 세 공주를 한꺼번에 훔쳐서 사라졌다. 왕이 귀신을 잡을 계책을 물었으나 신통한 방법이 없었다. 그때 한 무사가 나와서 자기가 길을 떠나 아귀귀신을 없애고 공주를 찾아오겠노라고 했다. 임금은 기뻐 허락하면서 공주를 구해 오면 가장 사랑하는 막내딸을 아내로 주겠다고 했다.

무사는 종자 몇을 거느리고 아귀귀신을 찾아 나섰다. 그 소굴을 못찾아 오래도록 헤맬 때 꿈에 백발노인이 나타나 산속에 있는 이상한 바위를 들고서 그 밑에 난 구멍 속으로 들어가라고 했다. 무사가 그 바위를 찾아서 들어내자 정말로 그 아래 깊은 구멍이 있었다. 그가 줄에 매단 광주리에 종자들을 태워서 내려가 살펴보고 오라고 했으나 종자들은 다들 가다 말고 되돌아왔다. 무사는 할 수 없이 자신이 광주리를 타고 구멍 속으로 들어갔다.

무사가 깊은 땅 아래까지 이르고 보니 별세계가 나타났다. 그중 제일 큰 집에 아귀귀신이 있을 거라고 짐작한 무사는 우물가 나무 위에 올라 동정을 살폈다. 얼마 뒤 예쁜 여자가 물을 길러 나왔는데 공주 가운데 한 명이 분명했다. 무사는 나무에서 내려와 공주와 상의한 뒤 수박으로 변신한 채 공주 치마폭에 들어가 아귀귀신 집으로 들어갔다. 아귀귀신이 사람 냄새가 나는 것 같다고 하자 공주들이 말을 둘러대서 안심을 시켰다.

공주들은 아귀귀신을 위해 잔치를 베풀고서 이제 아귀귀신을 남편으로 받들겠노라고 했다. 기분이 좋아진 아귀귀신은 공주들이 주는 독한 술을 잔뜩 받아 마시고 크게 취했다. 그때 공주들이 슬쩍 약점을 묻자 아귀귀신은 옆구리에 있는 비늘을 떼면 자기가 죽게 된다고 했다. 아귀귀신이 잠들자 공주들과 무사는 칼로 귀신의 비늘을 떼고 목을 잘랐다. 끊어진 목이 다시 몸에 붙으려 하자 재를 뿌려서 못 붙게 했다. 마침내 아귀귀신은 쓰러져 죽고 말았다.

공주들을 데리고 바깥세상으로 나가는 입구 쪽으로 온 무사는 광주리에 공주들을 태워서 밖으로 내보냈다. 세 공주를 내보낸 뒤 자기가 오르려 했으나 종자들이 내려보낸 것은 광주리가 아닌 바윗덩어리였다. 무사를 땅에 가둔 종자들은 공주들을 위협해서 자기들이 구한 것으로 일을 꾸몄다.

무사는 바위를 겨우 피해 살아났으나 밖으로 나갈 길이 없었다. 그때 다시 백발노인이 나타나 말 한 필을 전해 주었다. 말은 수십 길을 새처럼 뛰어올라 무사를 밖으로 내보냈다. 그가 궁궐에 도착해 보니 오랜만에 부모를 만난 공주들은 모든 걸 잊고서 종자들과 결혼하려 하고 있었다. 궁궐에 나타난 무사를 본 공주들은 그가 자기를 구한 사람임을 알고 사실을 밝혔다. 임금은 간악한 종자들의 목을 베고 무사를 막내딸과 짝지어 주었다. 그 뒤 나라가 태평해졌다고 한다.

흥미로운 이야기라 좀 자세히 옮겨 봤어요. 대략 들어본 적이 있겠지만, 뭔가 조금 다른 내용도 있을 거예요. 혹시 아귀귀신 대신 머리가 아홉 달린 괴물이 나오는 이야기를 보지 않았던가요? 옛이야기라는 게 본래 구전되는 과정에서 조금씩 달라지는 게 특징입니다. 그런 이야기를 이리저리 거듭 들어보고 음미하는 것도 옛이야기를 즐기는 좋은 방법이 됩니다.

우리의 화제가 '길 떠남'이니까 이 이야기도 거기 초점을 맞춰 살펴보기로 하지요. 무사가 길을 떠나서 아무리 찾아도 보이지 않던 아귀귀신이 깃들어 있는 곳은 땅속 세상이었습니다. 저 아래 어두운 세상이지요. 거기 커다란 별세계가 있었다니 신기한 일입니다. 그 세계는 힘이 막강해서 나라의 공주들을 한꺼번에 빼앗아 갈 정도였지요. 아귀귀신을 보면 사람이 감히 대적할 수 없을 정도로 무시무시한 힘을 가지고 있습니다. 무사를 따라간 종자들이 땅으로 내려가다 중간에 올라온 것은 그곳이 함부로 접근하기 어려운 무서운 곳이라는 사실을 잘 보여 줍니다.

땅속 깊이 숨어서 세상을 뒤흔드는 무서운 힘! 무언가 연상되는 것이 없나요? 혹시 '암흑가'나 '마피아' 같은 악의 세력이 떠오르지 않나요? 왠지 이미지가 그와 딱 맞는 것 같습니다. 분명 나쁜 짓을 벌이는데 은밀할 뿐 아니라 힘이 막강해서 쉽사리 누를 수 없는 그런 세력이니 말이에요. 그러니까 주인공 무사가 홀로 그 세계로 쳐들어가서 아귀귀신과 맞서는 일은 아주 위태하면서도 짜릿한 모험이 된다고 할 수 있습니다. 암흑가에 홀로 침투한 영화 속의 영웅을 상상해 보면 실감이 나겠지요. 그러고 보니 주인공이 잡혀 있던 여자들하고 합세해서 적과

왜 주인공은 모두 길을 떠날까?

맞서는 것도 영화랑 딱 들어맞네요.

그러니까 저 젊은 용사 — 아직 결혼을 안 했으니 젊겠지요? — 의 여행은 하나의 커다란 '도전'이었다고 할 수 있습니다. 퇴로도 없는 깊은 지하 세상에서 괴물과 맞섰으니 무모한 도전이었다고 할 수 있지요. 하지만 도전을 해야 무엇을 이루든 말든 할 수 있는 것이겠지요. 두드리면 길이 열린다고, 쉽지 않은 일이었지만 저 용사는 괴물 도적 퇴치라는 힘든 과업을 훌륭히 완수합니다.

어찌 보면 저 깊은 지하 세계는 하나의 큰 함정이었다고 할 수 있습니다. 용사는 제 발로 거길 들어갔던 것이고요. 하지만 이 이야기의 진짜 무서운 함정은 따로 있었습니다. 자기를 따르던 아랫사람들의 배신이 바로 그것이에요. 그건 예상치 못한 일이라서 더 위험하며, 믿음을 깨는 일이기 때문에 더 아픈 일이 됩니다. 저 젊은 용사는 깊은 굴속에 홀로 남은 것보다 믿었던 사람한테 보기 좋게 배반을 당한 일 때문에 더 힘이 빠지지 않았을까요?

우리의 주인공이 깜깜한 지하 세계에 홀로 갇힌 사이에 배반의 존재들이 영웅인 양 백주 대로에 활보를 합니다. '진실이 땅속에 갇히고 거짓이 횡행하는 상황'으로 해석할 만한 상황입니다. 말도 안 되는 일이지만, 세상에 이런 일은 또 얼마나 많은지요! 어떤가 하면, 전 세계의 지하국 도적 이야기 가운데 '동행자의 배반'이라는 화소가 누락되는 경우는 거의 없습니다. 그게 그만큼 전형적인 상황이라는 것이지요. 세상에 나아가 살아갈 때 부딪히고 감당해야 할 힘든 일이 참 많다는 사실을 새삼 실감하게 되는 대목입니다.

하지만 결국 정의는 승리하는 법. 우리의 용사는 지하 세계에서 벗어나 햇빛 아래로 돌아옵니다. 거꾸로 뒤집혔던 일들은 두루 바로잡히지요. '땅속에 갇혀 있던 진실'이 마침내 드러난 상황이라고 말할 수 있습니다. 진실은 거짓에 의해 덮일 수 없으며 마침내 드러나게 돼 있다는 세상사 이치가 확인되는 순간이지요. 이야기에서 젊은 무사가 돌아온 뒤로 세상이 태평해졌다고 하는 것은 진실이 승리해서 세상의 질서가 바로잡힌 상황과 무관하지 않을 것입니다.

왜 주인공은 모두 길을 떠날까?

운명이라는
함정과
그 너머의 빛

집을 나서서 길 떠난 주인공들이 가는 길에 도사린 함정이 참 많기도 합니다. 아마도 그건 어쩔 수 없는 일일 것입니다. 인생이라는 게 원래 그런 것이니까 말이지요. 그건 사람들이 살아가면서 당연히 겪어야 할 운명 같은 거라고도 말할 수 있습니다. 그걸 어떻게 대면하고 감당하는가 하는 것이 관건이 되겠지요.

여기 어린 나이에 운명의 함정과 만났던 주인공이 있습니다. 어떤 운명이냐면 '죽을 운명'이요. 그가 어떻게 그 운명과 얼굴을 마주했는지, 그 길을 한번 뒤따라가 보기로 하지요.

옛날에 한 사람이 아들을 낳았다. 귀한 외동아들이었다. 그 아들이 대여섯 살 먹었을 때였다. 웬 스님이 지나가다가 아이를 보더니 혀를 끌끌 차면서, "그 아이 참, 잘생기긴 잘생겼다만" 하는 것이었다. 이상하게 생각한 아이가 집에 와서 그 얘기를 하니까 아버지가 스님을 쫓아가서 그게 무슨 말이냐고 물었다. 그러니까 스님이 대답을 망설이다가 말하기를, "그 애가 호랑이한테 물려 갈 팔자입니다" 이러는 것이었다. 부모가 놀라서 그럼 어떻게 살릴 방도가 없겠느냐고 매달리니까, 스님은 아이를 자기한테 딸려 보내면 혹시 살릴 수 있을지 모르겠다고 했다. 부모가 아이한테 가겠냐고 물으니까 그런다는 것이었다. 그래서 아이는 스님을 따라 낯선 세상으로 먼 길을 떠나게 되었다.

산에 호랑이가 많기도 한 시절이었지요. 잘못해서 호랑이를 만나면 모면할 도리가 없어요. 십중팔구 죽음이지요. 요즘 교통사고보다 훨씬 무서웠다고나 할까요? 그래서 예전 사람들은 '호환虎患'이라고 해서 호랑이한테 걸리는 걸 험한 팔자로 쳤지요. 그런데 저 귀한 자식이 그 운명을 타고났다니 이를 어쩌요. 기가 막힐 노릇이지요.

그래도 모든 일에 방법은 있는 법. 해법을 물으니 길을 떠나보내라는 거예요. 어찌 보면 참 모순되는 일이지요. 호랑이는 산에 있는 법이니 집에 꽁꽁 숨겨 두는 게 답일 것 같은데 밖으로 나가라니 말이에요. 하지만 이런 설정에 담긴 의미가 만만치 않습니다. 운명은 피하는 게

왜 주인공은 모두 길을 떠날까?

아니라 부딪치는 게 답이라는 철학이 거기 담겨 있지요. 그래요. 호랑이한테 벗어나려면 그한테 맞설 능력을 갖추는 게 최선이 아니겠어요?

이렇게 길 떠난 저 아이, 고생문이 활짝 열립니다. 편안한 집에서 나와 떠돌아다니려니 얼마나 힘들었겠어요. 남의 집 문간을 빌려서도 자고 굴이나 바위 밑에서도 자고……. 그렇게 고생하던 어느 날 그는 자기 운명과 맞닥뜨리게 됩니다.

그 아이가 스님하고 둘이 살면서 쌀을 얻으러 다니며 살아갈 적에 하루는 스님이 "오늘은 법당으로 들어가 부처님 앞에서 자거라" 하고 말했다. 아이는 그 말대로 불상 아래 누워 잠을 청했다. 그런데 밤이 되자 웬 중들이 와서 "에이, 오늘 좋은 먹을거리 놓쳤다" 이러고 서성이다가 돌아가는 것이었다. 아이가 숨어서 그 뒷모습을 엿보니까 뒤에 얼룩덜룩 꼬리가 달려 있었다. 그게 다 사람으로 변한 호랑이였던 것이다.

호랑이는, 예정된 운명은 이렇게 때가 되자 아이를 찾아옵니다. 호랑이 모습이 아니라 '스님'의 모습을 하고 있어 더 무서운 일이었지요. 달리 말하면 사람들 속에 호랑이가 있다는 말이 됩니다. 아주 위태한 순간이었지만, 아이한테는 부처님이라는 보호막이 있었습니다. 그간 스님을 따라다니며 살아가는 가운데 얻게 된 보호막이었지요. 아이는 그 힘으로 '죽을 운명'이라는 함정을 모면하게 됩니다.

하지만 그게 다가 아니었던지, 스님은 아이를 보내지 않고 여전히 데리고 다닙니다. 그리고 아이는 또 하나의 시험과 맞닥뜨리게 되지요.

아이가 스님을 따라다니며 산 지도 오래되었다. 아이는 많이 커서 장가갈 나이가 되어 갔다. 그사이에 자기랑 비슷한 또래의 동행이 하나 생겨 셋이서 길을 다니고 있었다. 어느 날 스님이 아이들을 한 집에 보내면서, "저기 가서 쌀을 얻어 오되 주인이 뭘 주거든 먹지 마라" 하고 말했다. 그 집에 가자 예쁜 주인 여자가 밥을 잘 차려 주면서 먹고 가라고 했다. 아이가 잘 보니까 음식에 이상한 것이 들어 있었다. 그래서 먹지 않고 있는데 같이 간 아이는 주는 걸 다 받아서 먹었다. 그러더니 그 집 예쁜 딸한테 혹해서 거기 살겠다고 눌러앉는 것이었다.

아이가 쌀을 얻고서 혼자 돌아오자 스님은 아이한테 그 집에 다시 가서 살펴보라고 했다. 아이가 가보니까 그게 집이 아니라 호랑이 굴이었다. 호랑이들은 둘러앉아서 눌러앉았던 아이를 뜯어 먹고 있었다. 아이가 깜짝 놀라서 돌아와 그 얘기를 하니까 스님이 그럴 줄 알았다며 고개를 끄덕였다.

한 번 아이를 비껴갔던 운명은 어느 날 이렇게 다시 찾아옵니다. 전

왜 주인공은 모두 길을 떠날까?

에 스님의 모습이었다면 이번에는 예쁜 여자의 모습으로요. 깜빡 빠져들기 좋은 무서운 함정이었지만 주인공은 그것을 모면합니다. 전에 한번 비슷한 경험이 있어서이고, 또 그간 오래도록 길을 다니면서 보고 배운 게 있어서겠지요. 말하자면 그는 겉으로 보이는 것과 다른 본모습을 보는 능력을 얻었던 거예요. 그것이야말로 세상에 도사린 '호랑이'들을 이길 수 있는 큰 힘이었지요.

처음에 이 이야기를 보면서 왜 호랑이를 면하는 내용이 이렇게 두번 반복될까 좀 의아하기도 했었어요. 하지만 가만 보니까 그 두 가지가 성격이 다르다는 사실이 보이더군요. 앞서 부처님 밑에서 자면서 호랑이를 면한 것은 주변의 도움에 의한 것이었지요. 그에 비하면 이번에 호랑이 굴에서 벗어난 것은 자신의 판단과 의지로 그리한 것이었어요. 그는 이제 진짜로 자기 운명을 감당해서 이겨 낼 힘을 얻게 된 것이지요. 뭔가 이제 홀로 떠날 때가 된 것 같지 않아요? 그래요. 이 아이는 이제 혼자 길을 떠나게 됩니다.

그 얘기로 넘어가기 전에 예쁜 여자한테 혹해서 눌러앉았다가 죽은 아이 얘기를 잠깐 해볼게요. 앞뒤 맥락을 따져 보면 그 아이는 주인공대신 그렇게 죽은 거라고 할 수 있습니다. 그렇게 보면 주인공은 자기가 사는 대신 남을 죽게 한 셈이에요. 어쩔 수 없었다 치더라도 조금 찜찜한 것이 사실입니다. 그런데 한번 이렇게 생각해 보면 어떨까요? 그아이가 주인공의 또 다른 모습이었다고요. (이야기 속에는 이런 설정이 많이 나오지요.) 주인공은 저 집에서 '호랑이한테 먹혀 버릴 자기'를 저렇게 떨구어 내고서 '호랑이를 감당해서 이겨 낼 자기'만 남아서 움직이게 됐다는 겁니다. 그러니까 운명의 길이란 하나가 아니라는 것이지요. 어떻게 움직이는가에 따라 다른 운명의 길로 나아갈 수 있는 법. 저 아이는 '죽을 운명'에서 '살 운명'으로 넘어간 것입니다. 그래요. 운명은 주어지는 것이 아니라 이렇게 만들어 나가는 것이지요.

자, 이제 다시 아이를 따라 길을 더 나아가 볼까요? 조금 빠르게 움직여 보기로 하지요.

아이가 돌아오자 스님은 이제 때가 됐으니 혼자서 길을 가라고 했다. 아이한테 하얀 두루마기와 부채를 주면서 귀한 물건이니 필요할 때 쓰라 하고는 훌쩍 사라졌다. 혼자 길을 나선 아이는 이리저리 빌어먹다가 어느 부잣집에 들어가 머슴을 살게 되었다. 그 집에는 세 딸이 있었는데, 위의 두 딸이 신 바닥보다 더럽다면서 아이를 조롱했다. 그래서 아이 이름이 '신바닥이'가 됐다. 하지만 제일 예쁜 막내딸은 언니들과 달리 신바닥이를 잘 돌봐 주었다. 아이 얼굴을 씻겨 주고 잘생긴 얼굴을 확인하고는 남이 볼까 봐 부러 머리를 헝클어뜨렸다.

어느 날 집안 식구들이 다 이웃 마을 잔칫집에 간 뒤 혼자 남아 불을 때던 신바닥이는 스님한테 받은 물건을 써보기로 했다. 몸을 씻은 뒤 두루마기를 입고 부챗살을 펼치자 몸이 하늘로 너울너울 떠올랐다. 훨훨 날아서 잔칫집에 가 내리자 사람들이 하늘 선관님이 내려왔다고 절하면서 받들었다. 하지만 막내딸은 이상한 눈치를 채고 옷에 표시를 해두었다.

집으로 돌아온 막내딸은 다시 더러운 모습으로 있는 신바닥이를 찾아가 자기가 해놓은 표시를 확인하고 서로 손을 잡았다. 그 모습을 엿본 언니들이 부모님한테 일러서 신바닥이 방에 불을 지르자 신바닥이는 막내딸을 안은 채 부채를 펼치고 하늘로 너울너울 날아올랐다. 신바닥이가 선관임을 뒤늦게 깨달은 언니들은 그를 따라 지붕으로 오르다가 떨어져 죽어서 버섯이 되었다. 막내딸과 함께 고향 집으로 돌아온 신바닥이는 부모님을 다시 만나고 오래오래 행복하게 잘 살았다.

그래요. 이제 주인공한테는 날아오를 일만 남아 있습니다. 죽을 운명을 이겨 낸 그인데 무엇을 못 하겠어요. 하지만 아이는 그 능력을 숨긴 채 잠행을 합니다. 본모습을 숨기고 사람들이 사는 마을로 들어가지요. 그리고 자기한테 맞는 짝을 찾아냅니다. 겉으로 보잘것없어 보이는 자기 참모습을 알아볼 사람 말이에요. 그렇게 그는 인생의 파트너를 만나 하늘로 너울너울 올라갑니다. 그 뒤로 그가 세상을 얼마나 멋지게 살아 냈을지는 두말하면 잔소리겠지요?

그런데 위의 내용, 뭔가 좀 익숙하지 않나요? 불을 때다가 화려하게 변신해 사람들 모인 데로 가서 짝을 만나는 사람. 그래요. 콩쥐나 신데렐라를 연상시키는 면이 있습니다. 그래서 내가 저 '신바닥이'한테 붙여 준 별명이 '남자 신데렐라'입니다. '신데렐라(독일에서는 아셴푸텔 Aschenputtel이라고 합니다)'라는 이름이 '재투성이'라는 뜻이거든요. 그런데 저 신바닥이도 재를 뒤집어쓰고 있어요. 어떤 자료에서는 그 이름을 '재복데기'라고도 하지요. 이거 아주 비슷하지 않아요? 물론, 더 중요한 것은 이름보다는 서사와 거기 담긴 의미입니다. 더러운 재 속에 묻혀 있던 보물 같은 존재의 극적인 비상! 이것이야말로 이들이 보여 주는 이야기들의 핵심적인 공통 요소가 됩니다. 그래요. 때가 되면 이렇게 훌쩍 날아오를 날이 오게 돼 있지요. 자기를 얽매고 있는 운명의 함정을 이겨 내고서 앞으로 나아가면 말이에요.

한 가지만 더 볼게요. 막내딸과 달리 신바닥이의 진가를 모르고 더럽다고 놀리던 언니들, 뭐가 됐다고 했나요? 지붕에서 떨어져 죽어 버섯이 됐지요. 스스로 능력도 없으면서 남이 잘되면 그걸 뺏으려고 발버둥치는 자의 운명이었습니다. 그런데 이것도 어디서 본 것 같지 않아요? 맞습니다. 부모의 환심을 산 뒤 동생 가믄장아기를 쫓아내려고 했던 은장아기와 놋장아기도 버섯이 됐다고 했었어요. 이 이야기 속의 언니들과 〈삼공본풀이〉 속 은장아기와 놋장아기의 공통점을 찾아내는 일, 직접 해볼 수 있겠지요?

왜 주인공은 모두 길을 떠날까?

다른 길로 떠난
삼 형제가
다다른 자리

앞서서 운명을 받아들이는 대신 살길을 찾아 집을 나와서 세상으로 나아간 주인공들은 많고도 많습니다. 이번에는 한꺼번에 길을 떠난 삼 형제 이야기를 해볼게요. 삼 형제가 길 떠나는 이야기는 옛이야기 속에 무척 많습니다. 그들은 서로 다른 길로, 또는 서로 다른 방법으로 떠나는 게 보통이지요. 그러다 보니 서로 다른 결과를 얻곤 합니다. 아버지의 유물을 하나씩 가지고 떠난 삼 형제가 어떻게 다른 일을 겪는지, 이제 그 뒤를 한번 따라가 보도록 하지요.

옛날 어느 산골에 삼 형제가 아버지와 함께 가난하게 살고 있었다. 아버지가 병들어 죽었는데 남긴 유산이라고는 지팡이와 맷돌, 그리고 장구가 전부였다. 집을 떠나 살길을 찾기로 한 삼 형제는 유산을 하나씩 나눠 가지고서 길을 떠났다.

지팡이를 가지고 길을 떠난 첫째는 멀리 길을 가다가 산속 무덤가에서 잠을 자게 됐다. 잠이 들려고 할 때 뭔가 이상한 소리가 나서 살펴보니 웬 여우 하나가 무덤을 파헤치고는 해골을 뒤집어쓰고서 할머니로 둔갑하는 것이었다. 몰래 여우를 지켜보던 첫째는 그를 따라서 한 마을로 들어갔다. 마을에 혼인 잔치가 한창이었는데 여우로 변한 할머니가 신부 옆구리를 슬쩍 찌르자 신부가 거품을 물고 쓰러졌다. 다들 어쩔 줄 몰라 하고 있을 때 첫째가 나서서 지팡이로 할머니를 때리자 여우로 변해서 도망갔다. 여우가 도망간 뒤 죽어 가던 딸이 살아나자 주인은 첫째한테 사례로 큰돈을 주었다. 첫째는 이렇게 부자가 되어서 돌아왔다.

둘째가 가지고 떠난 유산은 맷돌이었다. 이 마을 저 마을 떠돌던 둘째가 산속 허름한 오두막에서 잠을 청할 때였다. 도깨비들이 모여들더니 방망이를 두드려서 음식이 나오게 해 맛있게 먹더니만 어디서 사람 냄새가 나는 것 같다고 했다. 놀란 둘째는 와릉와릉 맷돌을 갈기 시작했다. 그러자 그 소리에 놀란 도깨비들이 집이 무너지는 줄 알고 방망이를 놔둔 채 도망쳤다. 도깨비 방망이를 얻은 둘째도 부자가 되어서 돌아왔다.

한편, 형들과 헤어진 막내는 장구를 가지고서 털레털레 길을 떠났다. 한참 길을 가다가 산속에서 날이 저물어 잠을 청하는데 호랑이들이 그를 잡아먹으려고 떼 지어 몰려들었다. 깜짝 놀란 막내가 나무 위로 올라가자 호랑이들은 서로 등에 올라타서 막내를 잡으려고 했다. 막내가 죽기 전에 장구나 치자고 생각하고 신 나게 장구를 두드렸다. 그러자 그 소리에 호랑이들이 들썩들썩 춤을 추다가 나무 밑으로 떨어져 죽었다. 막내는 호랑이 가죽을 팔고서 부자가 되어 돌아왔다.

이렇게 다들 부자가 되어 다시 만난 삼 형제는 똑같은 집을 나란히 지어 놓고서 오래오래 행복하게 잘 살았다고 한다.

〈아버지 유물〉의 사연입니다. 이 이야기 속의 삼 형제, 어떠한가요? 아버지가 돌아가셨을 때 그들한테 남은 유산이라고는 고작 지팡이와 맷돌과 장구밖에 없었지요. 그건 아무것도 없는 거나 마찬가지라고 할 수 있습니다. 지팡이나 맷돌, 장구 하나 가지고 어떻게 살 수가 있겠어요? 하지만 삼 형제는 그것 하나씩만 가지고 집을 떠나 세상으로 나가서 멋진 성공을 이루어 냅니다.

어찌 보면 삼 형제의 성공은 우연한 일인 것처럼 보이기도 합니다. 여우를 때려잡고, 도깨비 방망이를 얻고, 호랑이를 통째로 잡고 하는 것이 어찌 예상이나 한 일이겠어요. 하지만 이처럼 생각지도 못했던 놀라운 일이 훌쩍 일어나는 것이 이야기이고, 또 우리네 인생사입니다.

그리고 가만히 살펴보면 삼 형제가 놀라운 성공을 거둔 일에서 그럴싸한 앞뒤 맥락을 찾아볼 수도 있습니다. 삼 형제가 각기 어떻게 성공할 수 있었는지, 한번 함께 살펴볼까요?

첫째가 가지고 간 지팡이는 어떻게 이해해야 할까요? 지팡이로 여우를 때려서 물리쳤다는 걸 보면 '사냥'의 도구처럼 생각되기도 합니다. 하지만 지팡이와 사냥의 연결은 좀 어색해 보입니다. 그러면 이런 건 어떨까요? 이야기를 보면 첫째가 걷고 걷다가 무덤가에 이르렀다고 합니다. 그렇게 걷는 데에 지팡이가 한몫을 했겠지요. 그렇다면 그건 '여행'의 도구로 해석해 볼 수 있습니다. 첫째는 지팡이를 벗 삼아서 사방팔방 많은 곳을 다녔고 그래서 남들이 모르는 비밀을 알게 된 것이지요. 덕분에 사람으로 변한 여우를 알아채고서 쫓아낼 수 있었던 것이고요. 이런 정도라면 성공할 만한 자격이 되지 않나요?

둘째가 가지고 간 맷돌은 어떻게 이해하면 될까요? 맷돌은 콩이나 팥 같은 것을 가는 살림 도구지요. 둘째 아들은 움막 안에서 열심히 맷돌을 돌렸어요. 그러니까 도깨비들이 그 소리에 방망이를 놓고 도망갑니다. 둘째 아들을 성공시킨 힘이 무엇인가 하면 '농사'이고 '노동'이라고 할 수 있습니다. 열심히 일을 하다 보니 귀한 보물을 얻게 된 상황이지요. 사실 농사라는 게 도깨비 방망이 같은 것이라고 할 수 있습니다. 열심히 일하면 먹을 것이 계속 나오니까 말이에요. 그러니 도깨비 방망이를 얻은 것이 그리 엉뚱하다고 할 수 없지요.

그렇다면 막내는 어떻게 성공할 수 있었을까요? 막내아들이 가지고 간 것은 장구였어요. 장구를 두드리자 호랑이 떼가 춤을 추다가 쓰러져 죽었지요. 여기서 장구가 뜻하는 것이 무엇인지 웬만큼 짐작할 수 있겠지요? 그렇습니다. 그건 바로 음악이고 예술일 거예요. 막내아들은 '예술'의 힘으로 성공을 거둔 경우라 할 수 있습니다. 장구 소리에 호랑이가 쓰러졌다는 것은 예술이 난폭함을 다스려 없앤 일로 해석해 볼 수 있겠지요. 실제로 예술은 세상을 순화시키는 힘을 가지고 있습니다. 그 힘을 제대로 발휘한 막내아들이 성공한 것도 과연 그럴 만한 일이라 할 수 있습니다.

이야기는 이 삼 형제가 받은 유물 가운데 어느 것이 제일 좋은지 말하지 않습니다. 삼 형제 가운데 누구의 성공이 제일 훌륭했는지도 따로 가리지 않지요. 똑같은 집을 지어서 함께 살았다는 것이 이야기의 결말입니다. 나는 이 이야기의 이런 결말이 참 좋습니다. 그렇지 않나요? 사람들이 하는 일 중에 어떤 일은 더 좋고 어떤 일은 못하다고 말할 바가 아닙니다. 아무라도 자기가 물려받은 유산을, 자기가 가지고 있는 재능을 잘 살려 길을 열어 내면 훌륭히 성공할 수 있는 법이지요.

이 이야기는 우리에게 길이 하나가 아니라는 사실을 잘 말해 줍니다. '세상은 넓고 할 일은 많다'고나 할까요? 나는 왜 이렇게 가진 게 없냐고 앉아서 불평하고 한탄하는 대신 아무 거라도 가지고서 훌쩍 길을 나서면 성공할 수 있다는 것입니다. 그 성공은 서로 다른 방식으로, 예상치 못한 형태로 훌쩍 찾아오곤 하지요. 맞아요. 헤아려 보면 저 삼 형제들은 지팡이나 맷돌, 장구 하나만 가졌던 게 아닙니다. 더 중요한 걸 가지고 있었지요. 부모한테서 받은 튼튼한 두 다리가 있고 사리분별을 할 수 있는 머리가 있었지요. 길을 나서면 어떻게든 잘되지 않겠느냐는 믿음 또한 그들이 가지고 있었던 크나큰 재산이라 할 수 있습니다. 이 거, 그야말로 '위대한 유산' 아닌가요!

요즘 관심을 가지고 살펴보고 있는 그림 형제의 민담집에도 이와 꽤 비슷한 이야기가 있어 잠깐 소개합니다. 삼 형제가 길을 떠나는 이야기이지요. 제목은 〈세 행운아 Die drei Glückskinder〉입니다.

옛날에 어떤 아버지가 늙어 죽기에 앞서 세 아들을 불러 맏아들한 테는 수탉, 둘째 아들한테는 낫, 셋째 아들한테는 고양이를 주었다. 별것 아닌 물건이지만 멀리 떠나 현명하게 잘 쓰면 부자가 될 거라고 했다.

아버지가 세상을 떠난 뒤 먼저 수탉을 가지고 길을 떠난 큰아들은 오랜 여행 끝에 낯선 섬에 이르렀다. 수탉이 하나도 없고 사람들이 시간을 나눠 쓸 줄 모르는 곳이었다. 수탉이 때에 맞춰 울음을 우는 것을 신기하게 여긴 사람들은 큰아들한테 황금 한 짐을 주고서 닭을 샀다.

다음은 둘째 아들 차례였다. 낫을 가지고 멀리멀리 가다가 한 섬에 이르렀는데, 그곳은 낫이 전혀 없는 곳이었다. 거기서는 곡식을 수확할 때 대포를 쏘고 있었다. 둘째가 낫으로 곡식 베는 것을 본 사람들은 감탄하면서 황금 한 짐을 주고서 낫을 샀다.

다음에는 셋째 아들이 고양이를 가지고 길을 떠났다. 먼 길을 거쳐서 한 섬에 이르렀는데, 그곳은 고양이가 없어 쥐들이 마구 날뛰고 있었다. 셋째가 고양이로 쥐들을 잡아 없애는 걸 본 왕은 황금 한 짐을 주고서 고양이를 샀다. 셋째 아들도 그렇게 부자가 돼서 돌아왔다.

(뒷이야기. 섬에 남은 고양이는 쥐를 잡다 목이 말라 '야옹야옹' 울었다. 처음 듣는 소리에 겁먹은 사람들이 회의를 한 끝에 고양이를 떠나보내기로 했다. 고양이가 그냥 '야옹야옹' 하고서 울자 나라에서는 고양이한테 대포를 쏘기 시작했다. 포격은 성이 폭삭 주저앉을 때까지 계속되었다.)

어때요, 앞의 〈아버지 유물〉 이야기하고 꽤 비슷하지요? 무엇보다도 유산을 하나씩 가지고 떠난다는 사실이 서로 일치합니다. 가는 곳을 보자면, 앞의 삼 형제는 대개 산속으로 가는데 여기 삼 형제는 섬으로 가는 것이 인상적입니다. 이때 '섬'은 수탉이나 낫 같은 사물에 익숙지 않은 멀고 낯선 공간이 됩니다. 다른 곳에서는 별것이 아닌 물건들도 여기 가니까 아주 새롭고 유용하며 가치 있는 것이 될 수 있었지요. 이는 세상사 이치가 그렇기도 합니다. 저 삼 형제는 평범한 물건이 가진 큰 가치를 찾아내 성공에 이른 인물들이라 할 수 있습니다. 그것이 어찌 가능했는가 하면 그들이 집을 떠나 먼 여행을 해서 낯선 땅에 이르렀기 때문이었지요. 앞의 삼 형제가 길을 떠남으로써 성공했던 것과 통하는 내용입니다.

한 가지 궁금한 사실은 고양이에 얽힌 뒷이야기입니다. 고양이 울음소리에 놀란 사람들이 대포를 쏘는 소동을 벌여 자기 삶의 터전을 허물어뜨렸다니 이건 뭔가요? 그건 새로운 사물이 지니는 빛과 그림자를 보여 주는 게 아닐까요? 사물에는 양면성이 있기 마련이며, 그 속성을 제대로 알지 못하는 사람들은 큰 곤경을 겪을 수도 있다는 것이지요. 이는 고양이를 판 셋째 아들이 책임져야 할 바는 아닐 것입니다.

〈아버지 유물〉과 〈세 행운아〉는 세계의 옛이야기들이 서로 비슷한 스토리와 의미를 가지는 가운데 흥미로운 차이를 지니기도 한다는 걸 잘 보여 줍니다. 두 이야기 중 어느 쪽이 더 그럴듯해 보이는지 궁금합니다. 굳이 그걸 가리는 게 우습기는 하지만, 〈아버지 유물〉 쪽이 좀 더 그럴듯하지 않나요? 〈세 행운아〉의 첫째와 셋째가 둘 다 동물을 가지고 떠나는 데 비해 〈아버지 유물〉에서는 삼 형제가 이질적인 물건을 가지고 떠나 서로 다른 방식의 성공을 이루어 낸다는 사실이 더 마음을 끄는 면이 있습니다.

왜 이 이야기를 굳이 하느냐면 꼭 멀리 있는 게 더 가치 있는 것은 아니라는 말을 하고 싶어서입니다. 그림 형제 민담이 세계적으로 유명하지만 한국의 옛이야기도 그에 못지않지요. 여행도 마찬가지입니다. 꼭 먼 곳에 가야만 크고 의미 있는 대상을 만나는 건 아니지요. 그보다는 어떻게 움직이면서 무엇을 보느냐가 더 중요하다고 할 수 있습니다. 이는 뒤에 다시 이야기할 기회가 있을 거예요. 잠깐 접어 두고 또 다른 주인공을 따라가 보기로 합니다.

길 위에서 만난
갸륵한
동반자들

삼 형제가 길을 떠난 이야기를 봤어요. 재미있는 사실은 그들이 함께 뭉쳐서 움직이는 게 아니라 각기 따로 길을 나선다는 사실입니다. 그러고 보면 옛이야기의 주인공들 가운데는 혼자서 길을 떠나는 인물이 아주 많습니다. 글쎄요. 자기 인생은 자기 힘으로 펼쳐 나가야 한다는 걸 그렇게 보여 주고 있는 걸까요?

하지만 주인공이 늘 혼자인 것은 아닙니다. 처음부터 형제나 벗들과 더불어서 길을 떠나기도 하고, 혼자 떠난 길에서 동반자들을 만나기도 합니다. 그래요. 먼 길을 가는 동안에 이런저런 이들과 만나고 좋은 인연을 이뤄서 즐거움을 누리기도 하는 게 사람들의 인생행로겠지요.

옛날 한 마을에 너무나 가난해서 장가도 못 든 총각이 살고 있었다. 어느 날 총각은 이래서는 안 되겠다는 생각에 혼자서 길을 나섰다. 어디가 되든 길을 떠나서 직접 처녀를 구해서 짝을 맺어야겠다는 생각이었다.

총각이 터덜터덜 길을 가다 한 고개를 넘는데 허름한 지게가 총각한테 어딜 가느냐고 물었다. "응, 색싯감 구하러 가." "나를 데리고 함께 갈래?" "좋지!" 그래서 함께 길을 가는데, 또 한 고개를 넘어서자 군데군데 구멍 난 멍석이 어딜 가느냐고 물었다. "색싯감 구하러!" "함께 가자!" "그래!" 그래서 셋이 한 고개를 넘어서자 아래짝 없이 버려진 맷돌 위짝이 어딜 가느냐고 물었다. 얘기를 들은 맷돌도 선뜻 합류해서 동행이 되었다. 다음 고개를 넘어서면서 송곳이 동행으로 합류하고, 그다음 고개에서는 또 계란이 동행이 되었다. 그들은 서로 어울려서 장난을 치면서 즐겁게 나아갔다.

총각이 다섯 친구들과 함께 길을 가다가 또 한 고개를 넘어서자 날이 저물었다. 집을 찾아 헤매는데 마침 산속 한구석에 외딴 오두막집이 보였다. 문을 두드리자 예쁜 처녀가 문을 열어 주었다.

"길 가다가 날이 저물었는데 묵어가게 해줘요." "그러고 싶지만 안 돼요." "왜 안 되는데요?" "여기 있으면 호랑이한테 죽어요. 집안 식구가 다 먹히고 저 혼자 남았어요." "그렇군요. 걱정 말아요. 우리가 도울게요!"

집에 들어가 따뜻한 밥을 얻어먹은 일행은 집 안 여기저기 자리를 잡았다. 지게는 마당 한 구석에, 멍석은 부엌문 옆에 서고, 맷돌은 부엌 시렁으로 올라가고, 송곳은 부엌 바닥에 앉고, 계란은 아궁이 속으로 들어갔다.

밤이 돼서 호랑이가 집으로 들이닥치자 총각이 얼른 등잔불을 껐다. 호랑이가 불씨를 구하려고 부엌에 들어가 아궁이에 머리를 대고 호호 불자 계란이 둑 뛰어서 호랑이 눈을 때렸다. 호랑이가 앗 뜨거라 하면서 엉덩방아를 찧자 송곳이 쿡 찔렀다. 호랑이가 놀라서 펄펄 뛸 때 맷돌이 뚝 떨어져 머리를 때려서 기절시켰다. 그러자 부엌문 옆에 있던 멍석이 호랑이를 말고 마당에 있던 지게가 호랑이를 번쩍 져다가 깊은 강물에 내던졌다. 그렇게 호랑이를 물리친 총각은 예쁜 처녀하고 결혼해서 좋은 친구들과 더불어 오래오래 행복하게 잘 살았다.

어디서 본 것 같기도 하고 새로운 것 같기도 하지 않나요? 그래요. 이 이야기에서 호랑이 잡는 대목은 유명한 〈팥죽할멈과 호랑이〉 이야기와 아주 비슷합니다. 하지만 앞부분은 꽤 다릅니다. 팥죽할멈 이야기하고 달리 주인공이 가난한 총각이고 짝을 찾아 길을 떠나는 내용으로 되어 있지요. 팥죽할멈 이야기도 재미있지만 이 총각 이야기도 그에 못지않습니다. 여러 친구들이 하나씩 합류하면서 함께 길 떠나는 모습,

왜 주인공은 모두 길을 떠날까?

상상만 해도 재미있지 않나요? 그들은 서로 힘을 합쳐서 사나운 호랑이를 물리치니 말 그대로 좋은 동반자였지요. 그렇다면 이 이야기의 제목은 어떻게 정하는 게 좋을까요? 〈길 떠난 총각과 좋은 친구들〉, 이거 어떨까요?

이 이야기에서 한 가지 눈여겨볼 사실이 있어요. 이야기에 등장하는 여러 인물들이 그리 특출하지 않다는 점입니다. 특출하기는커녕 영별 볼 일 없어 보이는 존재들이었지요. 가난한 머슴 총각, 허름한 지게, 구멍 난 멍석, 짝이 없어 버려진 맷돌…… 그래요. 송곳이나 계란도 좀 낡거나 곯은 것이었을지 모릅니다. 이들은 거의 예외 없이 아무도 알아 주는 이 없이 외면당한 채 외로워하고 있는 존재들이었습니다.

그런데 이 별 볼 일 없던 존재들이 활짝 살아나 무서운 호랑이를 물리치는 힘을 냅니다. 그게 어떻게 가능했는가 하면 두 가지 이유를 찾을 수 있습니다. 하나는 그들이 '길을 떠났다'는 것입니다. 그냥 우울하게 잦아져 있는 대신 길을 떠나니까 생기가 돌면서 자기도 미처 몰랐던 큰 힘을 냅니다. 〈세 행운아〉 속의 수탉이나 낫이 먼 섬에 가서 큰 역할을 한 것과 비슷하게 말이지요. 또 하나는 그들이 '서로 어울려 함께했다'는 것입니다. 하나씩 떼어 놓고 보면 보잘것없지만 서로 힘을 모으면 이야기가 달라집니다. 무서운 호랑이도 가볍게 물리쳐 버리지요. 서로 절묘하게 역할 분담을 한 덕이라 할 수 있습니다. 아니, 서로 함께했다는 사실 자체가, 자기를 기꺼이 소중한 친구로 받아 주는 이가 있다는 사실 자체가 이들한테 커다란 힘이었다고 할 수 있습니다.

어때요? 이 이야기 참 좋지 않나요? 개인적으로 이 이야기를 볼 때마다 짜릿한 감동을 느끼곤 합니다. "그래, 그게 인생이지!" 이러면서요. 그런 의미에서 이 못지않게 재미있고 감동적인 다른 이야기를 하나더 소개합니다. 그림 형제 민담집에 들어 있는 이야기예요.

어떤 남자한데 당나귀 한 마리가 있었다. 당나귀는 오랫동안 온몸을 다해 힘써 일했지만 갈수록 힘이 빠져서 쓸모가 없어졌다. 그러자 주인은 먹을 것을 제대로 주려고 들지 않았다. 낌새를 차린 당나귀는 그곳을 나와서 브레멘을 향해 길을 떠났다. 거기 가서 악사가되려는 생각이었다.

길을 가던 당나귀는 사냥개 한 마리를 만났다. 늙고 힘이 빠져 못쓰게 돼서 떨려 난 사냥개였다. 당나귀 얘기를 들은 사냥개는 자기도 브레멘으로 가서 음악을 하겠다며 따라나섰다. 그렇게 동행이 된 당나귀와 사냥개에 늙은 고양이 한 마리가 합류했으며, 잡아먹히기 직전에 있던 수탉이 또 합류했다.

브레멘은 먼 곳이었다. 도중에 날이 저물어 숲 속에서 잠잘 곳을 찾는데 멀리 불빛이 보였다. 그곳은 도둑들이 사는 집이었다. 도둑들이 집 안에서 맛난 음식을 먹으며 즐기고 있었다. 도둑을 물리치고 안에 들어가고 싶었던 당나귀 일행은 좋은 꾀를 생각해 냈다. 당나귀가 앞발을 창에 올려놓고 서자 개가 그 위로 올라서고 다시 고양이와 닭이 차례로 올라섰다. 그 상태로 그들은 신호에 맞춰 일제히 음악을 연주하기 시작했다. 당나귀는 히힝, 개는 멍멍, 고양이는 야옹, 수탉은 꼬끼오 목청을 뽑았다. 그 상태로 안으로 뛰어들자 도둑은 유령이 나타난 줄 알고 겁에 질려 숲 속으로 도망쳤다. 당나귀 일행은 식탁에 앉아 맛있는 음식을 맘껏 먹을 수 있었다.

식사를 마친 악사들은 불을 끄고 잠자리를 찾았다. 당나귀는 거름 더미 위에 눕고, 개는 문 뒤에, 고양이는 아궁이 위에, 수탉은 기둥 위에 앉았다. 그렇게 잠이 들었을 때, 도둑들이 다시 집으로 들어와 동정을 살폈다. 고양이 눈이 석탄인 줄 알고 성냥을 대자 고양이가 얼굴을 할퀴고, 뒷문으로 물러나자 개가 다리를 물었으며, 거름 더미 쪽으로 오자 당나귀가 호되게 걷어찼다. 그리고 수탉이 기둥 위에서 꼬끼오 하고 소리쳤다. 도둑들은 그들이 마녀와 괴물이라고 생각하고 무서워서 멀리 떠났다. 네 명의 악사는 그 집이 마음에 들어 거기 머물러 살았다.

유명한 〈브레멘 음악대Die Bremer Stadtmusikanten〉 이야기입니다. 세계적으로 널리 사랑받는 이야기지요. 그런데, 이거 앞서 본 〈길 떠난 총각과 좋은 친구들〉하고 꽤 비슷하지 않나요? 처음에 혼자서 길을 떠났다가 차차 동행이 생겨서 함께 나아가는 것도 그렇고, 힘을 합쳐서 무서운 적을 보기 좋게 물리치는 것도 그렇고 말이에요. 그래요. 이 〈브레멘 음악대〉의 주인공들이 앞 이야기 속의 인물들과 마찬가지로 쓸모없는 존재로 외면당하던 처지에 있었다는 것도 아주 중요한 공통점이 됩니다.

흥미로운 사실은 이 이야기의 주인공들이 그동안 하던 일을 접고서 악사가 되려고 한다는 사실입니다. 자기 유효기간이 끝났다고 생각하는 대신 무언가 벗지고 뜻있는 다른 삶을 살고자 하지요. 이를 테면 자기가 진짜로 살고 싶었던 '자기 인생'을 말이에요. 남들이 보기에 턱없는 허튼짓 같았겠지만 그렇지 않았습니다. 저들은 훌륭한 음악가가 됐다고 할 수 있지요. 음악으로 험상궂은 도둑을 쫓아내 버렸으니 이만하면 성공한 예술가 아닐까요?

당나귀 일행이 '브레멘'에 가지 않고 숲 속의 집에 머물러 살았다는 결말이 좀 의아할지 모르겠어요. 얼핏 길을 가다가 만 것 같지만, 그렇게 볼 일이 아닙니다. 그들은 저 숲 속의 집에서 자기가 하고 싶었던 일을 맘껏 해서 즐거움을 찾았으니 그곳이 바로 그들이 가고자 했던 '브레멘'이었다고 할 수 있습니다. 브레멘이란 어디 특정하게 정해진 곳이 아니라 이렇게 자기 식으로 찾아내고 만들어 내는 곳이었다는 뜻입니다. 그래요. 인생의 행복이란 것이 원래 그런 것 아닐까요?

오래전에 보았던 영화 〈부에나 비스타 소셜 클럽〉이 생각납니다. 생활 전선에 나가 있던 늙은 음악가들이 다시 뭉쳐서 음악 그룹을 이루어 멋진 연주로 세상을 감동시키고 삶의 의미를 찾는 과정을 보여 주는 실화 영화지요. 〈브레멘 음악대〉와 꼭 닮은 이야기입니다. 당나귀와 개, 고양이, 닭 같은 동물이 음악을 한다는 것이 터무니없는 일처럼 보였다면 이 영화를 한번 찾아 보기를 권합니다. 그러면 이런 이야기 속에 어떻게 인생의 이치가 담겨 있는지를, 왜 이런 이야기가 수많은 사람들한테 사랑받으면서 오래도록 이어져 왔는지를 잘 알 수 있을 것입니다.

떠났다 돌아온
그들,
무엇이 변했나

지금까지 옛이야기 속 길 떠나는 주인공들의 모습을 이리저리 살펴봤습니다. 그런데 이야기를 잘 보면 주인공들은 길을 떠나기만 하는 게 아니라는 사실을 알 수 있습니다. 길을 떠났다가 다시 돌아오는 주인공들도 무척 많지요. 주먹이도 부모 곁으로 돌아왔고, 빨간 모자와 헨젤과 그레텔도 집으로 돌아왔습니다. 지하 세계를 찾아들어 갔던 젊은 용사도 자기 살던 세상으로 돌아왔고, 오랜 여행을 거쳤던 신바닥이도 뒷날 집으로 돌아왔지요. 아버지 유물을 가지고 길을 떠났던 삼 형제도 돌아와 함께 살았다고 합니다. 지게나 멍석 같은 친구들과 길을 떠난 총각이나 브레멘 음악대 등은 다른 곳으로 옮겨 가 돌아오지 않지만 그들도 어딘가에 정착해서 사는 모습을 보게 됩니다.

왜 주인공은 모두 길을 떠날까?

길 떠남과 돌아옴은, 또는 떠남과 머무름은 서로 뗄 수 없는 짝이라 할 수 있습니다. 떠남만 있고 돌아옴이나 머무름이 없다면 그건 무척 스산하고 고단한 일이겠지요. 떠날 때는 떠나고 돌아올 때는 돌아오는 것이, 머물 때는 머무는 것이 인생사의 순리라 할 수 있습니다. 낮에는 길을 떠나도 밤에는 머물러 쉬어야 하는 것과 같은 이치지요. 움직이지 않고 내내 머무르는 게 함정이 되는 것처럼, 뿌리 뽑힌 상태로 끝없이 떠도는 것도 하나의 함정이 될 가능성이 있습니다.

만약 이치가 그러하다면, 여러 길 떠난 주인공들이 다시 제자리로 돌아온다면, 그 떠남이란 어떤 의미를 지니는 걸까요? 그렇게 돌아올 것이었다면 굳이 힘들여 떠날 필요가 없었던 것 아닐까요? 이제 이에 대한 이야기를 잠깐 해보려 합니다.

옛날에 은진미륵 커다란 불상 아래 두더지 부부가 살았다. 금슬 좋게 살다가 딸을 낳는데 어찌나 예쁜지 세상 최고의 남편을 얻어 줘야겠다고 생각했다. 사윗감을 찾아 나선 부부는 이리저리 다니다가 하늘의 해를 찾아갔다. 높은 곳에서 세상을 비추는 해야말로 최고의 사윗감이었다. 하지만 힘들게 찾아간 해는 다른 말을 했다. 구름이 자기를 가리면 힘을 쓸 수 없으니 그가 더 훌륭하다며 구름을 찾아가라는 것이었다. 그 말을 옳게 여긴 부부는 힘들여 구름을 찾아갔다. 하지만 구름은 자기는 바람에 불려 이리저리 밀려다니는 존재라며, 바람이 더 훌륭하니 그를 찾아가라고 했다. 두더지 부부는 다시 바람을 찾아갔다. 그러자 바람은 자기가 아무리 힘이 세도 은진미륵은 끄떡도 안 해서 당할 수 없다며 그를 찾아가라고 했다. 부부가 은진미륵을 찾아가 딸의 남편이 돼달라고 하자 은진미륵이 말했다. "내가 이렇게 힘이 세 보이지만, 무서운 게 있어요. 내 발밑에 사는 두더지가 자꾸 땅을 파서 곧 넘어질 지경이랍니다. 두더지한데 당할 수 없으니 그를 찾아가 보세요." 그 말을 듣고 자기 살던 곳으로 돌아온 부부는 두더지 총각을 하나 골라서 딸과 짝지어 주었다고 한다.

아마도 들어본 적이 있을 거예요. 〈두더지 혼인〉 또는 〈사윗감 찾아 나선 두더지〉라 불리는 이야기입니다. 먼 길을 떠났던 주인공이 처음 기대와 달리 원래의 자리로 되돌아오는 사연을 전하는 이야기지요.

어떤가요? 두더지에서 해, 해에서 구름, 구름에서 바람, 바람에서 은진미륵, 은진미륵에서 다시 두더지로 이어지는 순환이 꽤 재미있지요? 하지만 혹시 결말에서 좀 허망한 느낌이 들지 않나요? 좋은 짝을 구하려고 힘들여서 먼 길을 나섰다가 빈손으로 돌아왔으니 저들은 괜한 헛고생을 했다고 할 만합니다. 그래서 이 이야기는 자기 기준을 세우지 못하고 남의 말에 이리저리 이끌려 가다가 곤경에 처한 사람을 꼬집고 있다고 해석해 볼 수 있습니다.

하지만 이 이야기에서 두더지 부부가 했던 여행은 정말로 무의미한 것이었을까요? 나는 그렇게 생각하지 않습니다. 그건 하나의 소중한 발견의 과정이었다고 할 수 있지요. 두더지는 자기가 보잘것없는 존재라 생각했지만 알고 보니 그렇지 않았습니다. 거센 바람이 못 이기는 은진미륵을 흔들어 넘어뜨릴 만한 힘을 가지고 있었지요. 우리 자신이 힘이 있고 소중한 존재라는 것. 지금 내가 서 있는 이곳이 바로 세상의 중심이라는 것. 저 두더지들은 긴 여행을 통해서 이 크고도 소중한 사실을 깨달았던 것이라 할 수 있습니다. 아마도 저 두더지들은 이런 깨달음에 힘입어 이후의 삶을 행복하게 잘 살았을 것입니다.

이야기 속의 주인공들이 제자리로 돌아오는 것처럼 보이지만 그렇지 않습니다. 삼 형제처럼 부자가 돼서 돌아오거나 또는 신바닥이처럼 짝을 얻어서 돌아오는 식으로 눈에 보이는 변화가 있는 경우는 물론이고, 빈손으로 혼자 떠났다 빈손으로 혼자 돌아오는 경우에도 그들은 이미 똑같은 사람이 아닙니다. 세상 많은 것을 깨닫고 품게 된 그는 더 이상 예전의 철모르던 꼬맹이가 아니지요. 하나의 작은 거인_{巨人}입니다. 이 세상의 당당한 주인공 말입니다.

5장

어떻게
움직여서
무엇을 할까

집을 떠나 모험 길에 나선 여러 주인공들의 행로를 이리저리 살펴보면서 왜 길을 떠나야 하는지 확인해 봤습니다. 이제 스스로 길로 나설 시간입니다. 길은 어떻게 떠나서 어떻게 나아가야 하는 걸까요? 길 위에서 무엇을 보고 어떤 일을 해야 하는 걸까요? 이제 우리 자신이 길 떠나는 주인공의 입장이 되어, 이야기에 좀 더 바짝 다가가서 길 떠남의 원리와 방법을 찾아보도록 하겠습니다. 물론 이번에도 긴장할 필요는 없습니다. 지금까지 본 것 못지않게 재미있는 많은 이야기들이 기다리고 있으니까요.

혼자 떠나기,
뒤돌아
주저앉지 않기

크게 마음먹고서 제대로 한번 여행을 떠나 보기로 했어요. 여행 자금과 장비를 마련했지요. 시기와 장소, 이동 경로도 대략 정했고요. 이 상황에서 더 생각나서 찾아보게 되는 게 뭘까요? 함께 갈 사람! 맞습니다. 많은 사람들이 여행을 준비하면서 함께 떠날 만한 사람을 찾지요. 현지에서 합류할 수 있는 사람을 포함해서요. 아마 여러분도 비슷할 거예요.

멀고 낯선 곳으로 혼자 떠난다는 건 쉽지 않은 일입니다. 위험한 일이기도 하고, 쓸쓸한 일이기도 하지요. 함께 움직이면서 말동무도 하고 서로 도우며 의지할 좋은 사람이 있다면 여행은 더 편안해지고 또 충만해질 수 있을 거예요.

그런데, 앞에서도 잠깐 말했지만, 옛이야기의 주인공들은 대개 홀로 길을 떠납니다. 옆에 사람이 없어서 어쩔 수 없느냐면 꼭 그렇지도 않습니다. 앞에서 본 〈아버지 유물〉이나 〈세 행운아〉처럼 옆에 가까운 사람이 있는데도 헤어져서 혼자 떠나는 경우가 많아요. 〈길 떠난 총각과 좋은 친구들〉이나 〈브레멘 음악대〉에서는 여럿이서 함께 길을 떠나지만, 이 경우도 처음부터 여럿은 아니었지요. 홀로 길을 나선 상태에서 동행을 만났던 것이었어요. '신바닥이'는 스님을 따라서 함께 길을 갔지만, 정들었던 부모를 떠나 낯선 사람을 따른 것이니 혼자 떠난 것과 진배없다고 할 수 있습니다.

어디 잠깐 집 앞에 다녀오는 것도 아니고 낯설고 험한 먼 길을 가는데 이렇게 혼자서 떠나는 이유는 무엇일까요? 이는 그것이 인생의 이치이기 때문이라고 할 수 있습니다. 자기 삶을 다른 사람이 대신 살아 줄 수는 없는 것이 우리네 인생이니까 말이지요. 그래요. 사람은 본래 혼자서 왔다가 혼자서 가는 것이기도 합니다. 그러니 저들은 누구한테 기대고 의지하는 대신 이렇게 혼자서 떠나는 것이라 할 수 있습니다.

혼자서 멀리 여행을 떠난다고 하면, 옆에서 말들이 많을 겁니다. "거길 어떻게 가려고 그러냐?" "너 정말 자신 있냐?" 이러면서요. 그런 말을 들으면 마음이 흔들리게 되지요. 하지만, 정말로 많은 여행을 한 사람들은 혼자 떠나는 여행이야말로 참 여행이라고 합니다. 혼자 떠나야만 자기 뜻대로 길을 나아가 자기가 뜻한 바를 자유롭게 행할 수 있지요. 무엇보다도 자기 자신을 제대로 돌아보는 시간을 갖게 됩니다. 스스로 문제를 감당해서 해결하는 능력도 얻게 되고요.

어떻든 혼자 길을 떠나 낯선 곳으로 나아간다는 것은 분명 아주 어려운 일입니다. 가는 길에 큰 시험에 부닥쳐 주저앉기 십상이지요. 여기 그 일을 잘 말해 주는 이야기가 있습니다. 세계적으로 널리 퍼져 있고 한국에서도 아주 많은 자료가 전승돼 온 대표적인 전설 〈장자못 전설〉입니다.

내용을 한번 되새겨 볼까요? 옛날 어떤 마을에 인색한 장자가 살았지요. 베푸는 거라고는 눈곱만큼도 모르는 사람이었어요. 어느 날 한 스님이 그 집에 찾아와 시주를 청합니다. 턱도 없는 일이었지요. 장자는 벌컥 화를 내면서 바랑에 쇠똥을 퍼 넣고서 스님을 집 밖으로 내쫓습니다. 그 모습을 지켜보는 장자 며느리는 마음이 안 좋았지요. '저러면 안 되는데…….' 며느리는 몰래 쌀을 퍼 가지고 스님을 쫓아가서 시주를 올리며 죄송하다고 사죄합니다. 스님은 며느리를 물끄러미 바라보더니 이렇게 말하지요. "길을 떠나서 뒷산 고개를 넘어가시오. 그래야 삽니다. 길을 갈 때 어떤 일이 있어도 뒤를 돌아보면 안 됩니다."

며느리는 스님이 남다른 존재라는 걸 직감했지요. 떠나야 한다고 느꼈어요. 그래서 스님이 말한 대로 집을 떠나 뒷산 고개로 향했지요. 그렇게 한참을 가고 있는데 뒤에서 요란한 소리가 들려왔지요. 세상이 다 무너지는 것 같은 소리였어요. 그 순간 며느리는 스님의 말을 어기고서 뒤를 돌아보고 맙니다. 장자가 사는 집터가 벼락에 맞아서 물로 잠겨 들고 있었지요. 그 모습을 본 며느리는 그 자리에서 그대로 돌로 변했다고 합니다. 지금도 마을에는 장자가 살던 집터에 생겨난 연못 ― 그러니까, '장자못'이지요 ― 과 며느리가 변한 바위 ― 이건 '며느리바위'겠지요 ― 가 남아 있다고 해요.

어떤가요, 이 이야기? 얼핏 보면 좀 뻔한 이야기 같기도 합니다. 욕심 많던 부자가 벌을 받아서 대번에 쫄딱 망한 일은 꽤나 교훈적으로 여겨집니다. '가진 것을 널리 베풀면서 다른 사람들하고 잘 어울려 살아야 한다'는 식이지요.

하지만 내가 이보다 더 주목하는 건 장자 며느리의 일입니다. 어떤가요? 며느리는 착한 사람이었잖아요? 직접 스님 뒤를 따라가 시주를 할 정도로 실천적인 인물이기도 했어요. 복을 받아도 많이 받아야 마땅한 일이지요. 하지만 그가 결국 어찌 되었느냐면 한 덩어리 차가운 돌로 변하고 말았어요. 이건 어찌 된 일인가요? 이 상황을 어떻게 받아들여야 하지요?

그건 얼핏 보면 꽤나 부당한 일처럼 보입니다. 저 며느리가 스님이 당부한 말을 지키지 못한 게 사실이었지요. 그러니까 벌을 받아 마땅하다고도 할 수 있지만, 그래도 이건 좀 심한 것 같습니다. 뒤에서 세상이 무너지는 소리가 나는데 돌아보지 않는다면 그게 더 이상한 일 아닌가요? 그걸 돌아보지 못하게 하는 저 스님의 명령이 오히려 사리에 안 맞는 것 아닌가요?

나도 오랫동안 이런 식으로 생각했었습니다. 그런데 어느 날 문득 한 가지 깨우침이 찾아왔지요. 저 스님이 자기 말을 어긴 죄로 며느리를 돌로 만든 게 아니라 며느리가 스스로 돌이 된 것이라는 깨달음이 있었어요. 사람이 많이 놀라고 두려우면, 감당할 수 없는 상황에 직면하면 몸이 돌처럼 굳어진다고 하잖아요? 저 며느리도 그랬다는 것이지요. 뒤를 돌아보는 순간 눈에 들어온 그 모습을 며느리는 감당할 수 없었다는 말입니다. 그러니까 저 스님은 며느리에게 "돌아보지 마!" 이렇게 '명령한' 것이 아니라, "돌아보면 안 돼요. 감당할 수 없을 테니까요"라고 '알려준' 것이라는 말입니다.

왜 며느리는 그 상황을 감당하지 못하는 걸까요? 그 이유는 많고도 많습니다. 뜻밖의 엄중한 상황에 대한 놀라움. 지난 삶이 송두리째 허물어지는 데 따른 두려움. 버리고 떠나온 냉정함이나 어리석음에 대한 회한. 막막한 세상에 아득히 홀로 남겨진다는 절망감…… 이 모든 것이 한꺼번에 닥쳐왔을 거예요. 그러자 며느리는 더 이상 앞으로 나아갈 수 없었지요. 힘이 다 풀리며 주저앉을 수밖에 없었어요. 며느리가 그 자리에서 돌이 된 것은 그 때문이라 할 수 있습니다.

며느리는 떠나야 하는 존재였습니다. 그가 속해 있던 장자의 집은 부조리와 모순의 공간이었지요. 장자는 떵떵거리는 큰 부자였지만, 실상은 욕망의 늪 속에서 겨우 머리를 내밀고 가쁜 숨을 쉬고 있는 존재

왜 주인공은 모두 길을 떠날까?

였어요. 그 사실을 까맣게 모르는 채로 말이지요. 그 늪은 그 자신만 아니라 옆에 있는 사람들까지 함께 빠뜨려 죽이는 힘을 가진 곳이었어요. 살려면 거기를 벗어나 떠나야지요. 스님이 며느리더러 떠나라고 한 것은 이 때문이라 할 수 있습니다. 가면서 뒤를 돌아보지 말라고 한 것은, 다 잊고서, 그간 가졌던 것에 대한 미련을 내려놓고서 결연하게 떠나라는 뜻이었지요.

며느리는 스님 말대로 집을 떠나 홀로 길을 나섬으로써 부조리의 늪에서 벗어나 구원의 가능성을 찾습니다. 하지만 그는 결정적인 고비를 이겨 내지 못합니다. 다른 곳도 아닌 고갯마루 바로 밑에서 뒤를 돌아보고 말지요. 그러고는 무너집니다. 지난 삶의 함정에 발목을 잡혀 속절없이 쓰러집니다.

그래서 나는 이렇게 믿고 있습니다. 힘든 일이었겠지만, 장자의 며느리는 저 고갯마루를 훌쩍 넘어서야 했던 것이라고요. 두 눈 부릅뜨고 앞으로 나아가야 했던 것이라고요. 놀라움이나 두려움, 고독감과 절망감 이 모든 것 결연히 뿌리치고서 말이에요. 그것이 이 이야기가 우리에게, 나 자신에게 전해 주는 궁극적인 계시라고 믿고 있습니다.

만약 저 며느리가 뒤를 돌아보지 않고 고갯마루를 넘어섰다면 그는 어찌 됐을까요? 필경 새로운 삶이 활짝 열렸을 것입니다. 고갯마루라는 게 원래 그렇지요. 올라갈 때는 힘들 뿐만 아니라 건너편이 전혀 보이지 않습니다. 아득하지요. 하지만 꼭대기에 올라서는 순간 상황이 싹

바뀝니다. 앞이 훤히 트이면서 멀리 내다볼 수 있습니다. 어디로 가야 할지도 가늠할 수 있고요. 그렇게 새 길이 훌쩍 열리게 됩니다.

　홀로 고갯마루를 넘어서 낯선 곳으로 간다는 건 어떻든 두렵고 외로운 일이라 할 수 있습니다. 하지만 그렇게 나아가야 하는 것이 우리의 운명입니다. 결연히 길을 나서서 고갯마루를 훌쩍 넘어설 때, 그렇게 계속 새 길을 찾아낼 때 마침내 우리 존재는 활짝 빛나게 되는 것이라 할 수 있습니다.

몸이 먼저
움직이는
민담형 인간

이야기가 좀 비장해진 것 같네요. 원래 전설(傳說)이 좀 그런 면이 있습니다. 슬프게 좌절한 사연을 통해서 우리 삶을 돌아보게 하는 게 전설의 일반적인 특징이지요. 거기 비하면 민담은 자기 삶을 마음껏 펼쳐 낸 주인공의 사연을 즐겁게 전해 주곤 합니다. 민담의 주인공은 신화나 전설, 또는 소설의 주인공들과 달리 가볍고 거침없이 움직이는 게 특징이지요.

요즘 내가 많이 쓰는 말 가운데 '소설형 인간'과 '민담형 인간'이라는 말이 있습니다. 소설과 민담의 전형적인 주인공을 비교해서 그 특징을 뽑아서 만들어 본 말이지요. 간단히 설명하면 이런 식입니다.

'소설형 인간'은 사색과 고뇌의 인간형입니다. 생각이 깊고 아는 것이 많으나 몸이 무거워 잘 움직이지 못하지요. 문제에 대면하기도 전에 미리 불안과 공포에 휩싸여 주저앉기도 합니다. 작은 문제 하나에 부딪혀도 인생이 무너진 것처럼 힘이 푹 꺾이곤 하지요. 생각과 고민은 많으나 선뜻 움직이지 못한 채 스스로를 벽에 가두고 갈등하는 사람, 이런 사람이 소설형 인간이라 할 수 있습니다. 근대문학 속에, 특히 소설 小說; novel 속에 이런 인물들이 전형적으로 많이 등장하지요. 물론 세상에도 이런 사람들이 많습니다. 언젠가 스스로를 돌아보니 나 자신도 오갈 데 없는 소설형 인간이었지요.

'민담형 인간'은 행동과 낙관의 인간형입니다. 생각을 하기 전에 몸부터 움직이는 인물이지요. '쟤가 도대체 무얼 믿고서 저러나?' 할 정도로 말이에요. 누가 실제로 그렇게 묻는다면 아마도 이렇게 대답할 거예요. "그냥 부딪쳐 보는 거지 뭐. 어떻게든 되지 않겠어? 안 되면 할 수 없고. 하하하." 그러고는 이리저리 돌아볼 것 없이 길을 떠나서 앞으로 나아가는 거지요. 곡선이 아닌 직선으로 말이에요. 어쩌면 참으로 단순하고 무모해 보이지만, 신기하게도 이들은 그렇게 움직여서 길을 훌쩍 잘도 찾아냅니다. 아주 가볍고 '쿨한' 존재이지요.

소설형 인간보다 민담형 인간이 더 낫다, 이렇게 말할 수는 없을지 모르겠습니다. 하지만 민담형 인간 쪽에 자꾸 마음이 끌리는 걸 어쩔 수가 없습니다. 그렇지 않나요? 해보기도 전에 지레 물러선다면, 아는 게 있는데도 그걸 행동으로 옮기지 못한다면, 그거 좀 답답한 일 아니

왜 주인공은 모두 길을 떠날까?

겠어요?

　민담형 인간의 예를 한번 보도록 할게요. 혹시 〈구복여행求福旅行〉이라는 이야기 들어본 적 있나요? 말 그대로 '복을 구하러 간 여행' 이야기입니다. 그 주인공은 아직 나이가 젊은 총각이에요. 보통 머슴이라고 하지요. 그가 어느 날 길을 떠나게 됩니다. 어떤 식인지 한번 볼까요?

　어느 시골 마을에 총각 하나가 살고 있었다. 부모도 없이 남의집살이를 하면서 어렵게 사는 터라 혼인은 꿈도 꾸지 못하고 있었다. 마을을 한 치도 벗어나 보지 못한 채 언제나 손에 일거리를 들고 있었다.

　어느 날 그가 일을 하러 가는데 정자나무 밑에서 놀던 노인들이 그를 불러 세우고서 말했다.

　"그래 자네는 평생을 그렇게 살 텐가? 서천서역국인가를 가면 복을 탈 수 있다던데 한번 가보지 그래."

　"그래요? 그 서천서역국이 어디 있는 건데요?"

　"아 그거야 뭐 서쪽에 있으니 서천서역국이겠지. 안 가봐서 몰라. 하하하."

　"네. 감사합니다요!"

　서천서역국에 가서 복을 타야겠다고 생각한 총각은 그 길로 달랑 봇짐 하나만 짊어진 채 서천서역국을 향해 길을 나섰다. 무턱대고

서쪽 방향으로 길을 잡고서 발길 닿는 대로 쭉쭉 걸어갔다.

어떤가요? 이 총각, 꽤나 무모해 보이지요. 아주 어리석어 보이기도 합니다. 사람들이 하는 말만 듣고서 무작정 길을 떠나다니 말이에요. 가만 보면 마을 노인들이 한 얘기는 별 근거도 없어 보입니다. '아니면 말고!' 하는 식에 가깝지요.

하지만 머슴 총각은 이리저리 생각할 것 없이 바로 길을 나섭니다. 그러고선 한 방향으로 쭉쭉 나아가지요. 그리고 어찌 되느냐면 실제로 복을 찾아냅니다. 이런저런 일들을 겪으면서 먼 길을 다녀오는 과정에서 산삼도 찾고 여의주와 금덩어리도 얻고 예쁜 각시도 구하게 되지요. 그게 어떻게 가능했는가 하면 주저하지 않고 몸을 움직여서 나아갔기 때문입니다. 그러자 길이 열리는 것이었지요.

저 총각이 민담형 인간이라면 노인들은 소설형 인간 쪽이라고도 말할 수 있겠습니다. 서천서역에 가면 복을 받는다는 말을 들어서 알고 있으면서도 거기 가볼 생각은 안 했으니 말이에요. 그냥 저렇게 앉아서 아는 척 말만 할 뿐이지요. 그들은 그렇게 살다가 늙어서 세상을 떠날 운명입니다.

전형적인 민담형 인간으로서 '트릭스터trickster'라는 캐릭터가 있습니다. 말 그대로 풀면 '속임수꾼' 비슷한 뜻인데, 한국말로 번역하기가 쉽지 않아요. 의미 요소가 무척 미묘하고 복합적이지요. 어떠냐면 그는

왜 주인공은 모두 길을 떠날까?

단순한 사기꾼 이상입니다. 넓은 세상과 홀로 맞서서 이런저런 장애물들을 쭉쭉 넘어뜨리면서 자기 길을 찾아내는 인물이 트릭스터지요. 어찌 보면 신화 속의 영웅英雄; hero하고도 비슷한 면이 있어 보이는데, 질적인 차이가 있습니다. 영웅이 무겁고 비장하다면 트릭스터는 가볍고 유쾌하지요. 영웅이 '집단'의 운명을 걸고 움직이는 데 비해 트릭스터는 '자기 삶'을 살아갈 뿐이라고 하는 것도 중요한 차이점이 됩니다.

이 또한 이야기로 예를 드는 게 좋겠네요. 프랑스의 페로 민담집에 실려 있는 〈장화 신은 고양이〉를 보도록 하겠습니다. 페로 민담집은 17세기 말엽에 편찬된, 유럽에서도 아주 오래된 옛이야기 책이지요. 트릭스터에 해당하는 장화 신은 고양이가 어떤 식으로 움직이는지 유심히 살펴보면 좋겠습니다.

어느 방앗간 주인이 재산 전부를 세 아들에게 남겼는데, 막내아들한테 돌아온 것은 고양이 하나뿐이었다. 슬퍼하는 막내한테 고양이는 자기한테 자루와 장화 한 켤레를 주면 좋은 일이 생길 거라고 했다. 막내가 소원대로 자루와 장화를 만들어 주자 고양이는 토끼들이 있는 데로 가서 자루 속에 미끼를 넣어 놓고 죽은 듯이 누워서 토끼 한 마리를 잡았다. 고양이는 왕한테로 가서 카라바 후작이 보내는 것이라며 토끼를 바쳤다. 이어서 같은 방법으로 자고새 두 마리를 잡은 뒤 다시 카라바 후작의 이름으로 왕에게 바쳤다. 이런 일은 몇 달 동안 계속되었다.

어느 날 왕이 아름다운 딸과 강가로 나들이를 나오자 고양이는 주인을 강물에 들어가게 한 뒤 카라바 후작이 물에 빠졌다고 소리쳤다. 그 소리를 들은 왕은 근위병을 시켜 후작을 구하게 했다. 고양이가 왕에게 도둑들이 주인의 옷을 훔쳐 갔다고 하자 왕은 후작을 위해 아름다운 옷을 마련해 주었다. 후작이 마음에 든 왕과 공주는 그를 마차에 태우고 나들이를 계속했다. 그러자 고양이는 먼저 앞질러서 길을 간 뒤 농부들을 위협해서 그곳의 땅이 카라바 후작의 것이라고 말하도록 시켰다. 왕은 새로 도착하는 모든 땅이 카라바 후작의 소유라는 말을 듣고 깜짝 놀라며 기뻐했다.

그들이 지난 모든 땅은 실은 어느 아름다운 성에 사는 식인귀의 소유였다. 성에 먼저 다다른 고양이는 식인귀를 만나 놀라운 변신의 재주를 보고 싶다고 했다. 식인귀가 사자로 변하자 고양이는 깜짝 놀라는 척하면서 혹시 생쥐로도 변할 수 있느냐고 물었다. 식인귀가 당연하다면서 생쥐로 변하자 고양이는 단숨에 생쥐를 덮쳐서 잡아먹었다. 이어서 왕 일행이 탄 마차가 성에 이르자 고양이는 그들을 맞으며 카라바 후작의 성에 온 것을 환영한다고 말했다. 성의 훌륭한 모습에 반한 왕은 카라바 후작, 곧 방앗간 집 막내아들을 사위로 삼았다. 고양이는 대영주가 되어 잘 살았다.

어때요? 이 고양이, 좀 놀랍지 않나요? 어떻게 저렇게 깜찍하게 거짓말을 할 수 있는지 신기할 정도입니다. 어렸을 때 이 이야기를 그림책으로 처음 만나면서 꽤 많이 놀랐었지요. 대체 뒷감당을 어떻게 하려고 저러는지, 저 자신감이 어디서 나오는지 어안이 다 벙벙했어요. 그런데 나중에 진짜로 저 방앗간 집 자식을 당당한 '카라바 후작'으로 만드는 게 아니겠어요. 소름이 끼치면서 입이 딱 벌어졌던 기억이 생생합니다.

저 고양이에서 우리가 주목할 것은 '속임수'보다 '자신감'과 '행동력'이 아닐까 합니다. '장화'가 나타내는 그 무엇이지요. 어떤 문제든 내가 다 감당할 수 있다고 하는 자신감도 그렇지만, 그때그때 상황에 따라 임기응변으로 문제를 풀어내는 행동력은 정말로 경이로울 정도입니다. 아마 저 고양이는 상황이 어떻게 바뀌었다 하더라도 결국 문제를 다 해결했을 거라고 생각하게 됩니다. 그는 어떤 '면밀한 계획'에 의해서가 아니라 '일단 부딪치고 본다. 걸림돌이 있으면 헤쳐 낸다' 하는 식으로 문제를 풀어 가고 있음을 보게 됩니다. 어떤 상황이든 무서울 게 없는 모습이지요.

이야기는 방앗간 집 아들과 장화 신은 고양이를 서로 다른 두 인물인 양 말합니다. 하지만 저 고양이는 방앗간 집 아들 안에 있는 그 무엇이었다고도 생각해 볼 수 있을 것 같습니다. 이를테면 저 보잘것없어 보이는 아이 안에 숨어 있던 용기나 자신감, 도전 정신 같은 것 말이지요. 그것을 앞세우고서 당당히 나아가니까 아무 희망도 없을 것 같았던 삶이 180도로 바뀔 수 있었던 것입니다. 어떤가요? 이런 가능성은 우리 모두한테 깃들어 있는 게 아닐까요? 우리가 할 일이란, 그게 훌쩍 앞으로 나설 수 있도록 '장화'를 신겨 주는 일이 되겠지요.

민담에는 트릭스터형 인물들이 아주 많이 등장합니다. 러시아 민담에는 〈부크탄 부크타노비치〉라는 이야기가 있는데 여우가 등장해서 위의 장화 신은 고양이와 흡사한 행동을 하지요. 그 또한 전형적인 트릭스터라 할 수 있습니다. 한국의 동물 이야기 가운데는 용왕을 보기 좋게 속여 넘기는 〈토끼전〉의 토끼와 덩치 큰 호랑이를 골려 먹는 〈호랑이와 토끼〉의 토끼를 좋은 예로 들 수 있습니다. 여우를 골탕 먹여서 죽음에 빠뜨리는 메추라기도 트릭스터의 면모를 보이고 있지요.

트릭스터는 동물이 아닌 사람이 주인공인 경우도 아주 많습니다. 그 대표적인 사례로 그림 형제 민담의 〈용감한 꼬마 재봉사〉를 들 수 있지요. 무작정 길을 나선 재봉사가 놀라운 기지와 자신감으로 온갖 장애물들을 훌쩍 물리치고 세상의 당당한 주인공이 되는 과정을 보여 주는 이야기입니다. 꼬마 재봉사는 장화 신은 고양이 이상으로 무모하면서도 매력 넘치는 인물이지요. 한국 설화의 대표적인 인물 트릭스터로는 〈꾀쟁이 하인〉의 주인공 '막동이(또는 애뜩이, 왕글장글대)'를 들 수 있습니다. 거드름 피우는 상전을 보기 좋게 골려 먹고 주인 딸을 아내로 차지해서 잘 살게 되는 꾀 많은 하인이 바로 막동이입니다. 이 또한

왜 주인공은 모두 길을 떠날까?

거칠 것 없이 자기 삶을 살아가는 인물이지요.

　이들에 대해서 제대로 이야기보따리를 풀어내 보고 싶은 마음이 굴뚝같지만 참아야 할 것 같습니다. 앞으로 나아가야 해서요. 한번 스스로 이야기를 찾아서 살펴보면 좋겠습니다. 지금 당장 인터넷으로 검색해 보는 것도 좋겠네요. (뒤로 미루지 않고 바로바로 해결하는 것. 그게 민담형 인간의 방식이지요.)

어떻게 움직여서 무엇을 할까

창의적으로,
더 크고
새로운 곳으로

일단 길을 나서는 게 중요하다고 했어요. 이왕이면 혼자, 그리고 늦출 것 없이요. 그렇다면, 어떤 길을 어떻게 가야 정말로 멋진 여행이 되는 걸까요? 그 답은 여러 가지겠지만, '새로운 길로 가라'고 하는 걸 첫손에 꼽을 수 있을 듯합니다. 다른 사람이 이미 다녀온 뻔하고 안전한 길을 간다면 그건 좀 싱거운 일이 되겠지요. 자기만의 새로운 여행지를 찾아 길을 떠나서 남들과 다른 새로운 것들을 발견하고 이루어 낼 때 더 멋지고 충만한 여행이 될 거예요. 이는 인생이라는 여행길도 마찬가지입니다.

여기 그와 같은 남다른 행보를 잘 보여 주는 주인공이 있습니다. 엉뚱 발랄하고 깜찍한 반전의 인물이지요. 그가 등장하는 이야기 제목은

왜 주인공은 모두 길을 떠날까?

〈세상에서 제일 큰 참깨나무〉입니다. 조금 표현을 가미해서 이야기해 볼게요.

옛날에 어떤 집에 아버지 없이 홀어머니하고 단둘이 사는 아들이 있었어요. 근데 이 녀석이 어찌나 게으른지 이루 말할 수가 없어 요. 아랫목에서 밥 먹고는 윗목에 가서 똥 누는 게 일이었지요.

맨날 방바닥만 뒹굴뒹굴하면서 구들장을 달구니까 옆에서 보는 사 람이 화가 날 만도 하지요. 하루는 어머니가 참다못해 큰소리를 쳤 어요.

"야, 이 한심한 놈아! 너는 언제까지 이렇게 방 안에서 밥만 먹고 똥만 쌀 거야? 앞집 똘똘이 좀 봐. 산에 가서 나무도 하고 농사일 도 돕는 거 안 보여? 걔 발끝만이라도 따라가면 내가 소원이 없겠 다! 으이구!"

이거 뭔가 꽤 익숙한 상황 같지 않나요? 그래요. 요즘 수많은 엄마 들이 자식을 혼내는 모습을 연상하게 됩니다. 부모한테 자기 자식은 늘 이렇게 게으르고 못나 보이는 걸까요? 어떻든 저 정도라면 어머니가 아니라 부처님이라 해도 한마디 안 할 수 없을 것 같아요. 문밖에 나가 기도 귀찮아서 만날 아랫목에서 밥 먹고 윗목에서 똥이나 누다니 말이 에요!

어머니가 이렇게 성화를 하니까 아들이 마지못한 듯이 한마디 했어요. "아이고, 알았어요 알았어! 그까짓 농사 나도 한번 해볼 테니 가서 참깨 한 말이랑 괭이 하나만 좀 얻어다 주." 어머니가 이게 웬일인가 싶어서 참깨를 얻어다 줬지요. 아들이 그걸 가지고 산자락으로 갔는데 농사를 짓는다는 게 아주 가관이에요. 곰이 들어갈 만큼 커다랗게 구덩이 하나를 파더니만 참깨 한 말을 다 쏟아붓네요. 거기다 기름을 한가득 채우고 흙을 덮는 거예요. 얼마 뒤 참깨 싹이 나니까 마음에 드는 거 하나만 남기고 다른 건 다 뽑아 버렸지요. 이거야 뭐, 차라리 일을 안 시킨 것만도 못할 정도예요. 그러든 말든 얘는 아주 태평이었지요. 생각나면 한 번씩 거름을 한 지게 가져다 붓는 게 다였답니다.

농사가 이렇게 엉터리니까 어머니는 아예 들여다보지도 않았어요. 그런데 어느 날 아들이 참깨를 수확해야겠다면서 도끼를 갖다 달라는 거예요. "이놈아! 참깨를 거두는 데 무슨 도끼가 필요해!" "아, 가보면 알아요!" 대체 무슨 소린가 싶어서 따라가 보니까 이게 웬일이에요! 참깨나무가 하늘로 쭉쭉 자라서 몇백 년 된 정자나무마냥 사방으로 가지를 늘어뜨리고 있는 거예요. 도끼로 쳐도 잘 안 넘어갈 정도였지요. 겨우 넘어뜨려서 참깨를 털고 보니 온 고을 참깨를 합친 것보다 더 많지 뭐예요.

어때요? 이거 멋지지 않은가요? 정말로 짜릿한 반전이에요. 할 줄 아는 거라고는 아무것도 없는 얼간이 게으름뱅이 같았던 저 아이는 사실은 가슴속에 봉황의 뜻을 품고 있는 존재였지요. 누워서 빈둥거리기만 한 게 아니라 무엇을 어떻게 할까 열심히 궁리를 했던 게지요. 남들하고는 다른 자기만의 방식으로 말이에요.

저 아이가 참깨 농사를 짓는 모습을 보자면, 이치가 꽤나 그럴싸합니다. 될성부른 싹 하나를 집중적으로 키우잖아요? 그건 '한 마리 토끼'에 투자를 집중해서 최고의 소득을 창출하는 행위였다고 할 수 있습니다. 요즘 흔히 말하는 '선택과 집중'의 방식이지요. 이것저것 손을 대는 것보다 한 가지에 집중해서 뭔가를 제대로 이루는 건 인생경영의 중요한 원칙이 됩니다. 세상에 나가서 한몫을 하려면 이 정도 안목과 배포가 있어야 하겠지요.

그 뒤에 저 아이가 어찌 됐을지는 대충 짐작할 수 있을 거예요. 그래요. 그는 저 참깨를 이용해서 큰 부자가 됩니다. 가만 보면 그 방법도 꽤 기발합니다.

아이가 참깨를 모아서 기름을 짜니까 참기름이 커다란 동이에 가득 찼어요. 그런데 거기 쥐가 한 마리 빠졌지 뭐예요. 쥐가 참기름만 먹고 살아서 커다랗게 살이 쪘어요. 온몸에서 고소한 참기름 냄새가 풀풀! 세상에서 보지도 듣지도 못한 신기한 쥐가 됐지요. 시장에 내다 놓으니까 어떤 사람이 큰돈을 주고서 그걸 사 갔답니다. 그래서 아이는 부자가 됐지요. 쥐를 사 간 사람도 아주 큰돈을 벌었다고 해요. 쥐한테서 기름을 끝없이 얻어 낼 수 있었거든요.

그냥 참깨를 먹는 것이, 또는 참기름을 짜서 내다 파는 것이 보통이겠지요. 하지만 그렇게 하면 참기름은 그냥 없어지고 말 거예요. 그와 달리 쥐한테 참기름을 먹여 키우니까 쥐가 한없이 기름을 만들어 냅니다. 기름이 더 많은 기름을 낳는 상황이지요. 그러니까 저 아이는 자기가 가진 재화財貨로 더 많은 부가가치를 생산할 수 있는 아이디어를 낸 것이라 할 수 있습니다. 그럼 거금을 주고 쥐를 사 간 사람은 누구냐고요? 아이디어의 가치를 알아보고 거기 투자한 사람이겠지요. 그게 맞아떨어져서 더 큰 부자가 된 것이고요.

자료 가운데는 위 이야기와 결말이 좀 다른 것도 있습니다. 저 아이가 기름으로 쥐가 아닌 조그만 강아지를 한 마리 키웠다고 해요. 고소한 냄새가 가득 풍기는 미끈미끈한 강아지를 줄로 묶어서 산으로 가니까 호랑이가 옳다구나 하고서 냉큼 삼켰다지요. 그러자 강아지가 호랑이 똥구멍으로 쏙 빠져나오는 거예요. 호랑이는 줄에 꿰이고요. 이렇게 해서 산속에 있는 수많은 호랑이를 줄줄이 꿰어 잡은 아이는 큰 부자가 됐다고 합니다.

〈줄줄이 꿴 호랑이〉라는 제목의 동화로 유명해진 사연이에요. 내

왜 주인공은 모두 길을 떠날까?

용을 보자면 이쪽도 무척 그럴싸합니다. 이 아이도 기름을 먹어 없애는 대신 새로운 방식의 투자를 했지요. 강아지를 키워서 산으로 올라갑니다. 여기서 산은 '사회' 내지 '바깥세상'을 뜻하는 것으로 볼 수 있습니다. 거기 사회에는 호랑이 같은 무서운 존재가 득실거리죠. 다들 그 앞에서 쩔쩔매지만 저 아이는 다릅니다. 당당히 맞서서 호랑이를 잡아 버리지요. 그것은 저 아이한테 남다른 무기가 있었기 때문입니다. '창조적 사고'라는 무기. 그리고 '자기 확신'이라는 무기. 집을 떠나 넓은 세상으로 나아갈 때 꼭 챙겨 가야 할 최고의 준비물이지요.

재미있나요? 그럼 비슷한 이야기를 하나 더 볼게요. 얼핏 많이 달라 보이지만 잘 들여다보면 뭔가 통하는 점이 있을 거예요. 멀리 영국에서 전해 온 이야기입니다.

옛날에 홀어머니와 단둘이 사는 잭이라는 아이가 있었다. 집이 가난해서 재산이라고는 젖소 한 마리밖에 없었다. 그나마 젖소한테서 우유가 더 이상 나오지 않게 되자 앞날이 깜깜했다. 잭은 젖소를 팔아서 다른 좋은 걸 구해 오겠다며 길을 나섰다.

잭은 길에서 웬 우스꽝스럽게 생긴 노인을 만났다. 노인은 이상하게 생긴 완두콩을 내보이면서 줄기가 하늘까지 자라는 신기한 콩이라고 했다. 콩을 유심히 살펴본 잭은 끌고 가던 젖소를 주고 그 콩을 얻어서 집으로 돌아왔다. 그 얘기를 들은 어머니는 화가 잔뜩 나서 그깟 콩 하나를 어디다 쓰겠느냐며 소리를 쳤다.

하지만 그건 진짜로 신비한 콩이었다. 다음 날 아침에 보니 마당에 던진 완두콩에서 싹이 자라나 하늘까지 솟아 있었다. 잭은 줄기를 타고 하늘로 올라가기 시작했다. 드디어 하늘에 이르자 넓은 세상이 나타났다. 잭이 큰길을 따라서 걷다 보니 거대한 집이 나왔다. 무서운 거인의 집이었다. 거인의 아내한테 음식을 얻어먹고 숨어 있던 잭은 거인이 가져다 놓은 황금 자루를 옆구리에 꿰어 차고서 집으로 돌아왔다.

얼마 후 황금이 바닥나자 잭은 다시 콩 줄기를 타고 하늘로 향했다. 위험을 무릅쓰고 다시 거인의 집에 들어가 숨어 있던 잭이 이번에 가져온 것은 황금 달걀을 낳는 암탉이었다. 닭이 매일 황금 달걀을 낳아서 잭은 잘살 수 있게 되었다.

하지만 잭은 거기 만족하지 못하고 다시 하늘로 올라갔다. 다시 거인의 집에 숨어든 잭이 이번에 가져온 것은 스스로 아름다운 음악을 연주하는 황금 하프였다. 그가 하프를 가져올 때 하프가 주인을 찾는 바람에 거인이 알아채고서 잭을 뒤쫓아 왔다. 하지만 잭은 재빨리 나무줄기를 타고 땅으로 내려온 다음 도끼로 콩나무를 잘랐다. 뒤따라오던 거인은 땅에 떨어져서 죽고 말았다.

그 후 잭은 암탉이 낳은 황금 달걀과 음악을 연주하는 황금 하프로 큰 부자가 되었다. 잭은 공주와 결혼해서 잘 살았다고 한다.

왜 주인공은 모두 길을 떠날까?

그래요. 유명한 〈잭과 콩나무〉 이야기입니다. 왜 이 이야기인가 좀 의아할지 모르지만 잘 보면 앞의 〈세상에서 제일 큰 참깨나무〉하고 통하는 면이 많습니다. 하늘을 향해 커다랗게 자란 참깨나무와 하늘 속까지 자란 완두콩 나무, 이거 비슷하지 않나요? 가만 보면 주인공들에게서도 비슷한 면모를 볼 수 있습니다. 잭이 젖소를 완두콩과 바꿔 온 일은 상식을 벗어난 엉뚱한 행동이었지요. 어머니한테 된통 당할 정도로 말이에요. 하지만 그건 평범한 콩이 아니었지요. 잭은 그 콩에서 뭔가 심상치 않은 가치를 발견하고 거기 투자를 한 것이라 할 수 있습니다. 마침내 큰 성공을 거두었던 것이고요. 앞의 게으른 아이와 비슷한 행보입니다.

속내를 조금 더 들여다볼까요? 젖소에서 우유를 얻는 일은 한도가 정해져 있는 일이었어요. 우유가 더 이상 안 나오면, 그리고 소가 죽어 버리면 그것으로 끝이지요. 하지만 완두콩은 다릅니다. 그건 '씨앗'이 잖아요. 그걸 심으면 새로 더 많은 콩을 얻을 수 있지요. 그렇게 '생산'을 거듭해 나갈 수 있어요. 그러니까 잭이 젖소를 주고 완두콩을 선택한 것은 눈앞의 재화 대신 미래의 가능성에 투자한 것이라 할 수 있습니다. 창의적인 발상이었지요.

완두콩이 하루 만에 하늘까지 자라났다는 건 과장일 거예요. 하지만 이치를 따져 보면 고개를 끄덕이게 됩니다. 일을 열심히 해서 큰 성과를 이루면 전과 다른 새로운 가능성이 열리게 되지요. 잭이 콩나무를 통해 '하늘'에 이르는 것은 이를 상징한다고 할 수 있습니다. 여기서 하늘은 곧 '사회' 또는 '큰 세상'을 뜻한다고 볼 수 있어요. 거기는 자기를 돕는 사람도 있지만 한입에 삼키려는 무서운 존재들이 많지요. 이야기 속의 거인이 그입니다. 무서워서 도망치면 그걸로 끝이었겠지요. 하지만 잭은 정신을 바짝 차려서 황금 자루를 얻어 냅니다. 세상에 진출해서 귀한 것을 얻어 내는 데 성공한 것이지요.

하늘나라를 향한, 큰 세상을 향한 잭의 도전은 멈추지 않고 계속됩니다. 흥미로운 사실은 잭이 하늘나라로부터 찾는 것이 황금 자루에서 황금알을 낳는 암탉으로, 또 음악을 연주하는 하프로 바뀌어 간다는 점이에요. 이는 무얼 의미하는 걸까요? 먼저 황금을 보면 그것은 꽤나 귀한 재물이지만 고정된 것이고 소모적인 것이라 할 수 있어요. 쓰다 보면 사라지게 돼 있지요. 경영이론으로 말하면 부동산이나 현금 같은 자산이 되겠지요. 거기 비하면 암탉은 다릅니다. 암탉은 매일 황금 달걀을 낳지요. 계속 새로운 가치를 생산해 냅니다. 그러니까 황금 자루보다 더 귀한 존재가 된다고 할 수 있습니다. 그렇다면 황금 하프는 어떨까요? 암탉이 매일 황금알을 낳지만 언젠가는 늙어서 죽게 될 거예요. 하지만 하프는 그렇지 않지요. 내내 음악을 연주할 수 있어요. 거의 무한하게 가치를 창출해 낼 수 있지요. 그야말로 최고의 보물이라고 할 수 있습니다. 이 정도라면 잭으로서도 만족할 만하지요.

그러니까 잭은 계속 삶의 방식을 바꾸면서 세상을 향한 새로운 도전을 확장해 간 인물이라고 할 수 있습니다. 축산에서 농사로, 농사에서 생산업으로, 생산업에서 다시 문화산업으로, 대략 이런 식이지요. 그리고 어느 순간, 더 이상의 무리한 욕심을 그친 채 콩나무를 자르지요. 그렇게 성공과 행복을 이룬 저 사람, 대단하지 않나요? 자그만 꼬맹이였다고 하지만 저 아이는 어느새 세상 누구보다 큰 거인이 된 것이라 할 수 있습니다. 상식을 깨는 창의적 사고와 더 큰 것을 향한 창조적 도전이 가져온 결과였지요.

세상 만물에 대한 관심과 탐구

세상에 나가서 자기 길을 찾아냄에 있어 창의적 사고와 도전적 태도가 필요하다고 했습니다. 잘 보면 그 밑바탕에는 대상에 대한 '관심'과 '탐구 정신'이 깔려 있음을 보게 됩니다. 게으름뱅이 아들이 참깨나무를 키운 일이나 잭이 완두콩을 구해 온 것도 무언가 관심이 있고 탐구심이 있어서 가능한 일이었다고 할 수 있지요. 별것 아닌 것처럼 보이는 대상이라 하더라도 관심 속에 유심히 살펴보는 일. 모든 성취의 출발이라 해도 그르지 않을 것입니다.

앞에서 복을 찾아 길 떠난 머슴 총각의 얘기를 잠깐 했었지요. 〈구복여행〉의 주인공 말입니다. 얼핏 보면 그는 아무 생각도 없는 얼간이처럼 보입니다. 하지만 그의 행보에는 눈여겨볼 점들이 있습니다. 훌쩍

왜 주인공은 모두 길을 떠날까?

길을 떠나는 과단성도 그렇지만 길에서 만나는 대상에 대해 관심 내지 호기심을 나타내는 모습을 주목하게 됩니다. 개인적으로 이 이야기에서 아주 좋아하는 대목이 있지요. 주인공이 낚시하는 총각을 만나는 장면입니다. 언젠가 《세계민담전집 1 한국편》(황금가지, 2003)에 이야기를 소개하면서 정리한 내용을 옮겨 봅니다.

총각이 다시 한참을 가다 보니 어떤 아이 하나가 저만치 방죽에서 낚시를 하고 있는 것이 보였다. 총각이 다가가서 보니 고기 그릇이 텅 비어 있었다.

"저런, 낚시질을 시작한 지 얼마나 됐는지 모르겠지만 고기를 하나도 못 잡았구나."

그러자 아이가 돌아보며 물었다.

"어디 가시는 분이시오?"

"서천서역국으로 복을 타러 가는 중이지."

"내가 여기서 내내 낚시질을 했는데 말을 건 사람은 처음이군요. 부탁이 하나 있습니다. 어찌하면 이 곳은 낚시로 큰 고기를 낚을 수 있을지 그것 좀 알아다 주세요."

"그래, 그러마."

여기서 내가 주목하는 요소가 바로 '관심'입니다. 길을 가는데 누군가 낚시를 하고 있는 것이 보여요. '낚시하나 보다' 그러면서 지나치는 게 보통이겠지요. 그런데 저 총각은 그냥 지나치는 대신 그리로 다가가서 무엇을 낚고 있느냐고 물어봅니다. 거기는 어떤 물고기가 있으며 얼마나 낚을 수 있는지, 또는 뭐 하는 사람인데 거기서 낚시를 하는지, 하여튼 뭔가 궁금한 일들을 알아보고 싶었던 것이겠지요. '탐색자'의 모습입니다.

총각이 말을 건 동자는 좀 특이한 존재였습니다. 곧은 낚시로 큰 고기를 낚겠다니 이건 무슨 말인가요? 그건 총각한테 하나의 흥미로운 탐구거리가 됩니다. 그는 그 답을 나중에 여행에서 돌아오면서 확인하게 되지요. 낚시하는 저 동자는 실은 사람이 아니었어요. 동자삼童子蔘, 그러니까 아이 모양으로 생긴 커다란 산삼이었지요. 그는 거기서 자기를 가질 주인을 기다리고 있었던 것입니다. 그가 말한 '큰 고기'가 바로 그것이지요. 그리고 그 귀한 산삼은 바로 저 총각의 것이 됩니다. 총각이 그가 기다리던 주인이었던 것이지요. 그가 그 귀한 보배의 주인이 된 원동력은 바로 '관심'이라고 할 수 있습니다. 관심을 갖다 보니까 뭔가 특별한 것을 발견하게 된 것이지요. 그래요. 단지 관심에 그치지 않고 다가가서 물은 실천적 탐구력도 한몫했다고 할 수 있습니다.

〈구복여행〉과 이야기 구조가 비슷한 구전신화에 〈원천강 본풀이〉라는 이야기가 있습니다. 주인공인 '오늘이'는 적막한 들에서 태어나 자기가 누군지도 모르고 자란 어린 소녀였지요. 그는 부모를 찾아 원천강

왜 주인공은 모두 길을 떠날까?

으로 가는 길에서 여러 특이한 존재들과 만납니다. 별층당에서 책만 읽는 도령, 꽃이 하나밖에 안 피는 연꽃나무, 여의주가 세 개 있는데도 용이 못 된 이무기, 별층당에서 책만 읽는 각시, 우물가에서 울고 있는 선녀 등등으로요. 오늘이는 깊은 관심 속에 그들과 소통합니다. 그들이 안고 있는 문제를 마치 자기 일인 양 풀려고 합니다. 마침내 원천강에 이르러서 그 문제들의 비밀들을 깨우쳤을 때, 오늘이는 완전히 새로운 존재가 되지요. 관심과 탐구의 힘이었지요.

독일 그림 형제 민담의 주인공 가운데 남다른 탐구심으로 눈길을 끈 주인공이 있습니다. 무척 매력적인 인물이라서 소개합니다.

옛날에 가난한 나무꾼이 힘겹게 모은 돈을 아들한테 주면서 공부를 해서 늙은 아비를 먹여 살리라고 했다. 그 돈으로 높은 학교에 들어간 소년은 선생님들이 칭찬할 정도로 열심히 공부했다. 하지만 중간에 돈이 떨어져서 공부를 못 마치고 집에 돌아왔다.

소년은 아버지가 나무를 하려고 숲으로 가자 일을 도우려고 따라나섰다. 즐거운 마음으로 일을 하던 소년은 아버지의 걱정에도 아랑곳없이 이리저리 유쾌하게 걸으며 새 둥지 같은 것이 있는지 살폈다. 그가 거대한 떡갈나무 위를 올려다볼 때 어디선가 희미한 목소리가 들려왔다. 잘 들어보니 자기를 꺼내 달라는 소리가 땅으로부터 들려오고 있었다. 떡갈나무 뿌리 근처를 파헤친 소년은 작은 구멍 속에서 유리병을 찾았다. 살펴보니까 병 안에서 무언가가 개구리처럼 팔짝대며 꺼내 달라고 소리치고 있었다.

소년이 병마개를 뽑자 병에서 도깨비가 쑥 나오더니 점점 커지기 시작했다. 거대하게 변한 도깨비는 병 속에서 고생한 일을 말하면서 소년의 목을 댕강 부러뜨리겠다고 했다. 소년이 도깨비가 병 속에 있었다는 사실을 도저히 못 믿겠다고 하자 도깨비는 거만을 떨면서 몸을 줄여 병 속으로 들어갔다. 소년은 재빨리 마개를 막고서 병을 원래 있던 자리로 던졌다. 그래 놓고서 소년이 떠나려고 하자 도깨비가 처량한 목소리로 제발 자기를 꺼내 달라고 애원했다. 꺼내 주면 해코지를 안 하고 충분히 보답을 하겠다고 다짐했다.

도깨비가 약속을 지킬 것 같다고 생각한 소년은 병마개를 열어서 도깨비를 꺼내 주었다. 도깨비는 소년에게 작은 헝겊을 주면서 한쪽 끝으로 상처를 문지르면 병이 낫고 다른 쪽 끝으로 쇠를 문지르면 은이 될 거라고 했다. 헝겊을 가지고 아버지한테로 온 소년은 헝겊으로 도끼를 문질러서 은으로 만들어 팔아 큰돈을 얻었다. 학교로 가서 공부를 계속한 소년은 상처를 치료해 주는 헝겊 덕분에 세상에서 가장 유명한 의사가 되었다.

〈유리병 속의 도깨비Der Geist im Glas〉의 사연입니다. 유리병 속에 갇힌 커다란 도깨비라니, 아라비안 나이트의 〈알라딘의 램프〉를 연상하

왜 주인공은 모두 길을 떠날까?

게 됩니다. 하지만 이야기의 맥락은 꽤 다르지요. 도깨비는 잠깐 나타났다가 사라질 뿐이고, 이야기의 초점은 완연히 유리병을 발견한 소년에게 맞추어져 있습니다.

이 이야기는 '공부' 또는 '탐구'에 대한 이야기라 할 수 있습니다. 저 소년이 가는 길은 탐구의 대상으로 가득하지요. 그는 무언가를 얻기 위해서, 이를테면 돈을 벌기 위해서 탐구를 하는 게 아니라 탐구를 그 자체로 즐기는 사람이라 할 수 있습니다. 아버지가 쉬는 동안에 열심히 나무 위 새 둥지를 찾아다니는 모습은 대상에 대한 그의 순수한 관심과 탐구심을 잘 보여 주지요. 그가 도깨비가 내는 희미한 목소리를 들은 것은, 그리하여 떡갈나무 뿌리 아래에 꽁꽁 숨겨진 유리병을 발견한 것은 그의 이러한 순수한 탐구심에 따른 것이라 할 수 있습니다.

남들이 못 봤던 신기한 물건을 찾아낸 소년은 그 마개를 엽니다. 그러자 뜻밖의 일이 일어났지요. 병 속에서 도깨비가 나와서 그를 죽이려 듭니다. 이건 뭐 공연히 쓸데없는 짓을 하다가 곤경에 처한 상황이라 할 만합니다. 아버지가 걱정했던 그대로였지요. 다행히 소년은 기지를 발휘해서 도깨비를 다시 유리병 속에 가두는 데 성공합니다. 그렇게 겨우 곤경을 모면할 수 있게 되지요.

보통 사람이라면 여기서 끝이었겠지요. 괜히 다시 유리병을 열었다가는 또 위험해질 수 있으니 멀찌감치 피했을 거예요. 그리고 아무 일도 없었던 것이나 마찬가지가 되었을 겁니다. 그런데 소년은 그리하지 않았습니다. 도깨비의 애원을 유심히 듣고는 다시 유리병의 마개를 열었지요. 이건 어떤가요? 아주 무모한 일 아닌가요? 혹시나 하는 요행수에 자기 목숨을 거는 것이나 마찬가지니까 말이에요. 다행히도 저 도깨비는 약속대로 소년한테 큰 보답을 합니다. 소년은 큰 사람이 될 수 있었지요.

어떨까요? 그건 우연한 행운이었을까요? 얼핏 그렇게 보이지만 나의 생각은 다릅니다. 저 소년은 크나큰 탐구심과 함께 남다른 판단 능력을 갖춘 아이였지요. 즐겁게 열심히 공부를 해오면서 갖추게 된 능력입니다. 도깨비가 다시 마개를 열어 달라고 애원하는 장면에서 소년은 그 능력을 동원해서 여러 상황을 종합적으로 따져 봤을 것입니다. 저 도깨비의 태도와 말투까지 포함해서 말이지요. 그 탐구의 결과로 저 소년은 '열어 줄 만하다' 하는 판단을 내린 것이라 할 수 있습니다. 그 판단이 맞아떨어져서 크나큰 보배를 얻을 수 있었던 것이고요. 물론 그가 그런 판단 속에 마개를 여는 데는 어느 정도의 위험을 무릅쓰는 도전 정신도 한몫을 했다고 할 수 있겠지요.

가만 생각해 보면 세상사 이치가 이 이야기와 아주 잘 들어맞습니다. 마음의 눈과 귀를 열고 세상 만물을 유심히 살피면 남다른 무엇을 발견할 수 있지요. 얼핏 보기에 보잘것없어 보이는 것들 속에 생각지도 못했던 놀라운 힘이 깃들어 있는 게 이 세상입니다. 작은 유리병 속에 커다란 도깨비가 들어 있었다는 것이 이를 잘 보여 주지요.

왜 주인공은 모두 길을 떠날까?

그런데 그 힘은 대개 양면성을 지니고 있습니다. 아주 해로울 수도 있고 무척 이로울 수도 있지요. 그 해로운 면을 잘 방비하고 이로운 면을 찾아서 살려 내는 일이 핵심적인 과제가 됩니다. 정확한 판단력과 과감한 결단이 필요한 일이지요. 그 일을 잘 해낼 때 세상에 크게 이바지하는 멋진 주인공이 될 수 있습니다. 세상 제일가는 의사가 된 저 소년처럼 말이지요.

어때요. 이 큰 세상을 여행함에 있어서 무엇을 보고 어떻게 대해야 하는지, 조금 감이 잡히지 않나요? 관심, 탐구심, 판단력, 기지, 긍정과 낙관, 도전 정신, 과감한 결단…… 이런 요소들을 상황에 맞게 잘 발휘할 수 있다면 넓고 큰 세상에서 얼마든지 멋진 삶을 펼쳐 낼 수 있게 될 것입니다. 스스로 예상치 못했던 일까지 훌쩍 이루어 내면서 말이에요.

길에서
만나는 이
상대하는 법

길을 떠나 숲으로 들어간 주인공들이 만나는 대상은 아주 많습니다. 그
중 인상적인 사례의 하나로 난쟁이를 들 수 있습니다. 난쟁이는 작아서
보잘것없어 보이지만 실은 꽤 큰 능력을 지니고 있지요. 때로는 사람을
돕기도 하지만, 특히 누군가를 훼방해서 망하게 하는 데 일가견이 있습
니다. 작고 힘없어 보인다고 해서 함부로 대했다가 큰코다치기 십상이
지요.

집을 떠나 세상을 나아가다 보면 이런 난쟁이와 같은 존재를 많이
만나게 됩니다. '천사'나 '요정' 같은 예쁘고 착한 상대만 만날 수 있다면
좋겠지만, 그렇지 않은 게 인생길입니다. 눈에 잘 띄지도 않는 존재, 하
잘것없고 귀찮기만 해 보이는 존재들을 더 많이 만나게 되지요. 어쩌면

세상을 여행하는 일이란 이러한 작고 불편한 상대들과 조우하는 일로 점철된다고도 말할 수 있을 것 같습니다. 옛이야기에서 길을 떠난 주인공들이 수많은 난쟁이들과 만나는 것은 이 때문이라 할 수 있겠지요.

이치가 이와 같기 때문에 난쟁이를 어떻게 대하는가 하는 것은 아주 중요한 문제가 됩니다. 거인이나 마녀 같은 존재와 달리 난쟁이는 소홀하게 대하기 쉬운 터라서 더 큰 주의가 필요하다고 할 수 있습니다. 작은 것이 큰 화근이 될 수 있는 법이거든요.

뜻하지 않게 얼굴을 쑥 내밀고서 말을 걸어오는 난쟁이, 이거 어떻게 상대해야 하는 걸까요?

옛날에 한 남자한테 세 아들이 있었는데 막내아들은 사람들한테 얼간이로 취급돼서 아무도 거들떠보지 않았다. 어느 날 맏아들이 나무를 하러 숲으로 떠나자 어머니는 좋은 과자와 포도주를 들려서 보냈다. 그가 숲에 들어가자 잿빛 난쟁이가 나타나 인사를 하면서 배가 고프니 먹을 것을 좀 나눠 달라고 했다. 그러자 똑똑한 아들이 말했다.

"당신한테 과자와 포도주를 나눠 주면 내가 먹을 게 없는걸! 그냥 갈 길이나 가시지!"

그렇게 휭하니 지나친 맏아들은 나무를 베다가 도끼를 잘못 내려쳐 팔을 다친 채 집으로 돌아왔다. 난쟁이 때문에 생긴 일이었다. 이어서 숲으로 간 둘째 아들도 마찬가지였다. 난쟁이를 외면하고 지나친 둘째 아들은 다리를 내려치는 바람에 집으로 실려 와야 했다. 그때 얼간이 막내가 나무를 하러 가겠다니까 부모가 짜증을 내면서 맛없는 과자와 신 맥주를 주어서 보냈다. 잿빛 난쟁이가 나타나서 얼간이한테 먹을 것을 나눠 달라고 하자 얼간이가 말했다.

"잿불에 구운 맛없는 과자하고 시큼한 맥주밖에 없지만 괜찮으시면 함께 드시지요."

둘이 자리에 앉은 뒤 얼간이가 음식을 꺼내 보니 맛있는 과자와 좋은 포도주로 변해 있었다. 음식을 먹고 난 난쟁이는 얼간이에게 행운을 선물하겠다면서 한쪽에 보이는 늙은 나무를 베어 넘기고 뿌리 밑을 살펴보라고 했다. 그 나무 밑에서 얼간이가 발견한 것은 한 마리 황금 거위였다.

유명한 〈황금 거위Die goldene Gans〉 이야기입니다. 뒤에 저 황금 거위를 탐낸 소녀들과 그 소녀한테 손을 댄 마을 사람들이 줄줄이 달라붙어서 길을 가게 되지요. 그 모습을 보고 공주가 웃는 바람에 주인공 얼간이는 왕의 사위가 되고요. 그 이야기 앞에 위와 같은 내용이 있는 건 아마 잘 몰랐을 거예요.

이 이야기를 보면 난쟁이를 대하는 법에 대해 교과서적인 대답과 만나게 됩니다. 작고 보잘것없어 보인다고 해서 귀찮다는 듯이 외면하

왜 주인공은 모두 길을 떠날까?

거나 함부로 대하는 대신 따뜻이 손 내밀어 받아 주고 좋은 관계를 맺으라는 것이 그것입니다. 저 얼간이 막내는 자기가 가진 걸 기꺼이 난쟁이에게 나누어 주었지요. 이해득실을 계산하자면 공연한 손해를 보는 '얼간이 짓'으로 보이지만, 사실은 그렇지 않았습니다. 그러한 태도가 생각지도 않던 큰 행운으로 이어지게 됩니다. 난쟁이가 보지도 듣지도 못한 귀한 보배를 전해 주었으니 말이지요. 이야기는 그게 '난쟁이의 선물'이라고 하지만, 그것은 실상 저 막내가 스스로 만들어 낸 행운이라 할 수 있습니다. 기꺼이 나눔으로써 마음이 충만해져서 덜 먹어도 배부르고 또 일이 술술 잘 풀리게 된 것이라는 뜻입니다. 난쟁이를 무시하고 자기 잇속만 챙겼던 형들이 일이 꼬여서 도끼로 자기 발등을 찍은 것과 상반된 결과였지요.

이렇게 보면 답이 참 쉽고 뻔한 것처럼 생각됩니다. 하지만 그리 간단치가 않습니다. 이보다 더 미묘하고 난감한 경우도 많거든요.

옛날에 세 딸을 한꺼번에 잃어버리고 찾을 수 없었던 왕이 딸들을 찾아오는 사람을 사위로 맞겠다고 하자 수많은 젊은이가 공주들을 찾아 나섰다. 그중 세 명의 젊은 사냥꾼이 있었는데 함께 여행을 떠난 지 여드레 만에 큰 성에 이르렀다. 보니까 성에 맛있는 음식이 가득 차려져 있는데 사람은 하나도 보이지 않았다. 세 사람은 음식을 먹은 뒤 공주를 찾아 나서되 교대로 한 사람씩 남아 있기로 했다. 먼저 제일 나이 많은 사냥꾼이 남았는데 점심때가 되자 아주 작은 난쟁이가 와서 빵 한 조각을 달라고 했다. 사냥꾼이 빵을 주자 난쟁이가 땅에 떨어뜨리고서 이렇게 말했다.

"보니까 착한 분이신데 이걸 좀 집어 주세요."

사냥꾼은 빵을 주우려고 몸을 굽혔다. 그러자 난쟁이는 머리카락을 움켜쥐고 마구 내리치는 것이었다. 다음 날은 둘째 사냥꾼이 남았는데 사정은 똑같았다. 그 또한 첫째 사냥꾼처럼 했다가 난쟁이한테 큰 곤경을 겪었다. 마지막으로 바보 한스로 불리는 어린 사냥꾼이 남았을 때 또 난쟁이가 나타나서 한스한테 빵을 받더니 땅바닥에 떨어뜨리며 집어 달라고 했다. 그러자 한스가 말했다.

"뭐라고! 네가 집을 수 있잖아! 아무 애도 쓰지 않으려면 먹지 마!"

난쟁이가 화를 내면서 거듭 빵을 집어 달라고 말하자 한스는 난쟁이를 움켜잡고서 호되게 때리기 시작했다. 난쟁이는 비명을 지르면서 자기를 놓아 주면 공주들이 어디 있는지 가르쳐 주겠다고 말했다.

이 이야기의 제목은 〈땅속 나라 난쟁이 Das Erdmännchen〉입니다. 〈황금 거위〉와 마찬가지로 그림 형제 민담집에 실려 있지요. 앞에서 살펴본 적이 있는 '아귀귀신' 이야기, 그러니까 〈지하국 대적 퇴치 설화〉와 내용이 통하는 이야기입니다. 뒷부분이 어떻게 되느냐면, 바보 한스는 땅속 나라에 들어가 공주들을 구해 낸 뒤 동료 사냥꾼의 배반으로 땅속에 갇히게 되지요. 하지만 난쟁이들의 도움으로 지상에 돌아와 진실을 밝히고 공주와 결혼해서 잘 살게 되는 것으로 이야기가 마무리됩니다.

흥미로운 사실은 이 이야기 속에서 바보 한스가 난쟁이를 대하는 방식이 앞의 얼간이 막내와 다르다는 사실입니다. 어찌 보면 상반될 정도입니다. 그 작은 난쟁이를 움켜쥐고서 호되게 패줬다니 말이지요. 이렇게 하면 큰 화를 당할 것 같은데 한스는 거꾸로 큰 행운을 얻습니다.

이건 어찌 된 일일까요? 누구는 난쟁이를 잘 보살펴서 잘되고 누구는 난쟁이를 때려 줘서 잘됐다고 하니 말이에요. 옆 사람 입장으로 보면, 누구는 난쟁이를 밀쳤다가 화를 당하고 누구는 난쟁이를 감쌌다가 망한 상황이지요. 어찌 보면 좀 뒤죽박죽처럼 보입니다. 길에서 만나게 되는 이들을 도대체 어떻게 대하라는 말인지 혼란을 느낄 만도 합니다. 혹시 주인공들은 무조건 잘되고 주변 사람은 무엇을 어떻게 해도 안 되는 걸까요? 만약 그렇다면, 그건 아주 엉터리라 할 수 있지요. 그럴 리는 없습니다. 옛이야기가 그렇게 엉터리일 리 없지요!

그 차이는 무엇일까요? 아마 이미 눈치챈 사람도 있을 것입니다. 얼핏 보면 비슷해 보이지만, 저 난쟁이들은 같은 존재가 아니었지요. 앞의 난쟁이는 감싸는 게 맞고 뒤의 난쟁이는 밀치는 게 맞습니다. 얼간이 막내의 일을 보자면, 자기 먹을 게 아까워서 굶주린 이를 외면한다면 그건 벌 받을 일이겠지요. 내 몫이 줄어들더라도 기꺼이 나누는 것이 맞는 일입니다. 그렇게 해야 자기도 남한테서 나눔을 얻게 되는 법이지요. 하지만 바보 한스의 경우는 상황이 다릅니다. 그가 만난 난쟁이는 음식이 잔뜩 차려져 있는데 그걸 남한테 집어 달라고 합니다. 거기까지는 그럴 수도 있을지 몰라요. 하지만 받은 빵을 땅에 떨어뜨리고서 집어 달라고 한 일은 어떤가요? 그 빵을 집어 주는 것은 '친절'이라고 할 수 없습니다. 부당하게 복종하는 일이고 바보처럼 이용당하는 일일 따름이지요. 난쟁이한테 빵을 집어 준 사냥꾼들이 곤경을 치르는 것은 그 때문입니다. 부당한 요구를 받아들이면 더 큰 요구에 직면하게 돼 있거든요.

하지만 한스는 이들과 달리 난쟁이의 요구를 딱 잘라서 거절하고 버릇을 고쳐 줍니다. 바보 같은 우직함이지요. 그래요. 이렇게 해야 옳고 그름이 가려지고 세상에 정의가 서게 됩니다. 뒤에 한스가 악의 무리를 물리치고 세상의 정의를 세우는 과업을 성취하게 되는 것은 우연이 아니라 할 수 있습니다.

길에서 만나게 되는 까다로운 난쟁이 대하는 법을 잘 보여 주는 이야기를 하나 더 소개합니다. 역시 그림 형제 민담집에 실려 있는 〈흰눈이와 빨간장미Schneeweißchen und Rosenrot〉입니다.

눈처럼 하얀 흰눈이와 장미처럼 붉은 빨간장미는 세상의 사랑을 받는 예쁜 자매였지요. 늘 단짝으로 붙어 다니면서 즐겁게 살아가던 자매는 어느 날 길을 가다가 이상한 난쟁이를 만나게 됩니다. 그들 사이에

왜 주인공은 모두 길을 떠날까?

어떤 일이 벌어졌는지 한번 볼까요?

흰눈이와 빨간장미가 숲에서 땔나무를 줍는데 수풀 사이에서 무언가가 메뚜기처럼 폴짝폴짝 뛰는 것이 보였다. 다가가 보니 난쟁이가 갈라진 나무 틈에 수염이 끼여서 끙끙거리고 있었다. 난쟁이는 빨리 자기를 도우라고 호통을 쳤다. 아무리 해도 수염이 안 빠지자 흰눈이가 가위를 꺼내 수염 끝을 잘랐다. 난쟁이는 고맙다는 말 대신 귀한 수염을 잘랐다고 화를 내면서 숨겨 뒀던 금 자루를 움켜쥐고 사라졌다.

얼마 뒤 두 아이는 물고기를 잡으러 갔다가 다시 난쟁이를 만났다. 난쟁이는 낚시를 하다가 수염이 낚싯줄에 얽혀서 물속으로 끌려들어 가기 직전이었다. 수염을 풀려고 낑낑대던 아이들은 다시 가위를 꺼내 수염을 잘랐다. 난쟁이는 다시 화를 벌컥 내면서 꺼지라고 하고는 진주가 든 자루를 끌고서 사라졌다.

그 후 도시로 가는 길에 두 아이는 황야에서 다시 난쟁이를 만났다. 둘은 막 독수리한테 잡혀 가려는 난쟁이를 붙들고서 힘껏 독수리와 싸워서 난쟁이를 구해 냈다. 하지만 난쟁이는 "그렇게밖에 못 하겠어? 너희들이 잡아당기는 바람에 옷이 다 상했잖아. 망할 녀석들 같으니라구!" 째지는 목소리로 이렇게 소리치고는 보석 자루를 들고 바위 속 동굴로 들어가는 것이었다.

이 난쟁이 어떤가요? 바보 한스가 만난 난쟁이보다 훨씬 더 심하지요? 곤경에 처해서 죽을 뻔한 걸 구해 줬더니만 저렇게 화를 내다니 완전히 '물에서 건져 주니까 보따리 내놓으라고 하는' 격입니다. 한두 번은 설령 그럴 수 있다 쳐도 세 번째는 정말로 심했지요. 아이들이 위험을 무릅쓰고 독수리하고 싸워 줬는데도 저렇게 나오다니 말입니다. 저 난쟁이는 그야말로 '뒤틀린 존재'라 할 수 있습니다. 완전히 자기밖에 모르는, 아무라도 걸리기만 하면 신경을 박박 긁는 그런 존재 말이지요. 길을 나아가다 보면 이런 말도 안 되는 상황을 겪게도 되는 것이 세상사라 할 수 있습니다.

눈여겨볼 일은 흰눈이와 빨간장미가 저 난쟁이를 대하는 방식입니다. 그들은 두 번이나 봉변을 당하고도 세 번째에 다시 난쟁이를 도와줍니다. 자기들이 나서지 않으면 난쟁이가 죽게 됐으니 그리한 거겠지요. 참으로 착하고 마음 따뜻한 태도라 할 수 있습니다. 그런데 이보다 더 놀라운 것은 저 난쟁이가 화를 내면서 욕하는 데 대한 아이들의 반응입니다. 만약 여러분이라면 어땠을까요? 화가 치밀면서 기분이 상하지 않았을까요? "에이, 고생해서 도와줘 봤자 아무 소용없어!" 이러면서 말이지요. 만약 소심하거나 내성적인 사람이라면 상처를 받아서 기분이 푹 가라앉았을 겁니다. 길을 가는 내내 그 일이 생각나서 마음이 아주 안 좋았겠지요. 하지만 흰눈이와 빨간장미는 어떻게 했을까요? 이야기는 그 상황을 아주 간단하게 표현합니다.

왜 주인공은 모두 길을 떠날까?

소녀들은 그의 배은망덕한 행동에 익숙해 있던 터라, 그냥 그곳을 떠나 시내에서 자기들 볼일을 보았다.

이거 어떤가요? 정말로 쿨하지 않나요? 그냥 가볍게 잊고서 싹 넘어갑니다. 그리고 자기 볼일을 봅니다. 난쟁이가 화를 내든 어떻든 그것은 그의 일일 뿐이라는 식이지요. 상대의 반응에 따라서 기뻐하거나 화낼 것 없이 제 할 일 하면서 나아갈 따름입니다. 어린아이들이지만, 정말 고수高手라 하지 않을 수 없습니다. 조금 그럴듯하게 표현하면, 당당한 소신의 행보이고 걸릴 것 없는 자유의 행보라 할 수 있습니다. 따져 보면 이치가 과연 그러합니다. 문제는 상대한테 있는데 그의 잘못된 행동 때문에 마음의 상처를 받는다면 그건 바보 같은 일 아니겠어요? 그저 내 길을 가면 그만이지요.

그 뒤의 일이 궁금한가요? 저 난쟁이는 자매가 아무렇지 않은 듯 길을 가니까 오히려 더 성화가 났던가 봅니다. "내가 얼마나 가진 게 많은 줄 알아? 이것 좀 보라구!" 하는 식으로 동굴 앞에다 보석을 벌여 놓고 혼자서 구경했다고 해요. 시내에서 돌아오던 흰눈이와 빨간장미가 그 앞에 나타나니까 난쟁이는 욕을 하면서 얼른 보석을 챙기려 하지요. 이때 두 자매의 친구이기도 한 곰이 나타나서 난쟁이를 잡아서 죽여 버립니다. 곰은 난쟁이의 마법을 벗어 내고서 왕자로 돌아오지요. 두 자매는 왕자 형제와 결혼해서 행복하게 잘 살았다고 합니다.

근래 이 이야기에 대한 글을 쓰면서 흰눈이와 빨간장미를 '순수'와 '열정'으로 풀이했었습니다. 순수와 열정이 조화를 이룸으로써 밝고 충만한 삶을 펼쳐 낼 수 있다고 했지요.

지금 다시 보니까 두 아이를 '쿨함'과 '따뜻함'으로 풀 수도 있을 것 같습니다. 따뜻하게 손 내밀어 세상을 감싸면서도 평정심을 잃지 않으며 나아가고 있으니 말이에요. 어쩌면 그것은 '이성'과 '감성'이라고도 할 수 있을지 모르겠습니다. 어떤가요? 우리 안에서 '흰눈이'와 '빨간장미'가 조화를 이룰 수 있다면 세상 그 누구와의 관계도 훌륭하게 감당해 나갈 수 있지 않을까요?

왜 주인공은 모두 길을 떠날까?

먼저
손 내밀어서
세상 바꾸기

이제 길 떠난 주인공들에 대한 이야기를 마무리해 갈 때가 다가오네요. 어떻게 이 장을 갈무리할까 고민하자니 몇 가지 이야기들이 떠오릅니다. 그래요. 우리나라 이야기로 할게요. 〈구렁덩덩신선비〉를 먼저 보고서 〈바리데기〉로 넘어가도록 하겠습니다.

옛날에 어떤 마을 부잣집에 세 자매가 살고 있었지요. 이웃에는 가난한 할머니가 살았고요. 그런데 어느 날 할머니 배가 불러 오더니 아이를 낳았지 뭐예요. 그런데 태어난 건 사람이 아니라 뱀이었어요. 할머니는 아이를 독에 넣고 삿갓으로 덮었지요. 이때 세 자매가 할머니 아이 구경을 왔어요. 위의 두 딸은 징그럽다며 물러서는데 막내딸은 삿갓을 열어 보더니, "어머 할머니, 구렁덩덩신선비님을 낳으셨네요" 이러지 뭐예요. 그러자 뱀이 할머니한테 막내딸이랑 결혼하겠다고 하는 거예요. 막내딸도 선뜻 그러겠다고 해서 둘은 결혼을 하게 됐어요. 결혼한 날 저녁에 뱀 신랑은 각시한테 물을 한 대야 갖다 달라고 해서 목욕을 하더니만 허물을 벗고서 신선 같은 훌륭한 선비로 변했지요. 둘은 행복하게 잘 살게 됐지요. 그런데 위의 두 언니가 그 꼴을 두고 보지 못하는 거예요. 신선비가 각시한테 뱀 허물을 잘 간직하라고 한 것을 알고는 동생 몰래 허물을 훔쳐다가 아궁이에 넣어서 태워 버렸답니다. 먼 길에서 돌아오던 신선비는 허물 타는 냄새를 맡고서는 집에 돌아오지 않고 멀리멀리 떠나 버렸지요.

여기까지가 〈구렁덩덩신선비〉 이야기의 앞부분이에요. 주인공인 막내딸은 언니들과 달리 뱀 아들이 비범한 존재라는 걸 알아보고서 그와 결혼해서 행복을 얻게 되지요. 어찌 보면 불가능한 일을 가능하게 했다고 할 수 있을 정도입니다.

그런데 저 신랑은 참 야속하기도 합니다. 허물 타는 냄새를 맡고는 뒤도 안 돌아보고 멀리 떠나 버리니 말이에요. 이 이야기 속에서 뱀 허물이란 여러 가지로 풀이될 수 있는데 그 한 가지 해석은 그것이 남자의 '출신'을 나타낸다는 것입니다. 다분히 '열등한 출신'이었지요. 그것은 들춰내면 안 되는, 꽁꽁 감춰 둬야 하는 민감한 그 무엇이었어요. 그런데 저 언니들 때문에 그게 냄새를 풍기며 타오르고 말았지요. 상처받은 신선비는 저렇게 떠나게 된 것이고요.

사람들이 어울려 살다 보면 이 비슷한 상황을 참 많이 겪게 됩니다. 서로의 민감한 부분을 잘못 건드리면 큰 상처와 갈등이 생겨나서 관계가 깨질 지경에 이르곤 하지요. 저 이야기 속에서처럼 특히 부부간에 이런 일들이 많이 발생하는 것 같습니다. 문제는 이때 어떻게 할 것인가 하는 점이에요. 어떻게 하는 것이 답일까요?

위 이야기를 살펴보면 사실 아내한테는 별 잘못이 없다고 할 수 있어요. 허물을 건드린 언니들이 문제이고 화내며 떠난 남편이 더 문제라 할 수 있지요. 그런데 저 막내딸은 어떻게 하느냐면 모든 것을 자기가 떠안습니다. 떠나간 남편을 찾아서 길을 떠나지요.

남편은 어디 있었느냐면 참 멀리로 가서 깊게도 숨어 있었어요. 아내는 길고 험한 여행을 거쳐서, 할머니 대신 빨래를 해주고서 밥그릇에 올라타 물속 세계로 가는 등의 모험을 거쳐서 마침내 남편을 찾아냅니다. 가보니까 남편은 그새 다른 여자하고 결혼하기 직전이었지요. 막내딸은 다시 어려운 시험을 거쳐 마침내 남편을 되찾게 됩니다. 산에 올라가 호랑이 눈썹을 뽑아 오는 일을 포함한 험난한 시합이었지요.

상식으로 보면 정말로 화날 만한 일이지요. 집을 떠난 것도 모자라서 그새 다른 여자를 두다니요! 다 깨고 부숴 버리는 게 맞을 것 같습니다. 실제로 이 이야기를 대하는 많은 사람들이, 특히 여성들이 저건 말이 안 된다고 하는 반응을 보이곤 하지요. 자기는 절대 저런 식으로 할 수 없다고 합니다. 충분히 이해할 만한, 합리적인 반응일 것입니다.

하지만 옛이야기는 '그래도 내가 찾아가서, 내가 손 내밀어서 끌어안는 게 답이다' 이렇게 얘기합니다. 쉽지 않은 일이지요. 어쩌면 옳지 않은 일일 수도 있습니다. 하지만 이러한 손 내밂이 얽힌 문제를 풀어내고 관계를 회복하며 세상을 바꾸어 내는 최선의 길이 아닐까요? 그를 통해서 행복을 이루어 낼 수 있는 것이 아닐까요?

이는 상대방의 잘못을 '용인'하라는 말은 물론 아닙니다. '여자가 참아야 한다'는 뜻은 더더욱 아니고요. 이 이야기는 여자가 길을 나서는 것으로 돼 있지만 그 자리에는 당연히 남자가 들어갈 수 있습니다. 남편이냐 아내냐, 남자냐 여자냐, 선배냐 후배냐, 어른이냐 아이냐, 그 순서나 자리 문제가 아닙니다. 아무라도 먼저 손 내밀어서 풀어내기 시작할 때 비로소 갈등은 화해로 옮겨 가고 어둠은 빛으로 바뀌는 것이라 할 수 있습니다. 그가 바로 인생의 주인공이 되는 것이고요. 물론 손바닥도 마주쳐야 한다고, 상대방도 그 진정성을 받아들일 준비가 돼 있어야 하겠지만 말입니다.

〈구렁덩덩신선비〉는 아내와 남편이라는 가까운 사람의 관계에서 일어나는 갈등과 화해, 관계의 회복을 이야기합니다. 그런데 이는 단지 가까운 사람만의 문제는 아닐 것입니다. 어쩌면 세상을 살아 나가면서 만나게 되는 모든 관계에도 이를 적용할 수 있을지 모릅니다. 길을 가다가 스쳐 지나는 이를 포함해서 말이지요. 이에 대해서는 〈바리데기〉 이야기를 통해서 그 깊은 이치와 만나 볼 수 있습니다.

〈바리데기〉는 저 앞에서도 한 번 이야기했지요. 딸로 태어났다는 이유로 부모한테서 버림받았던 바리데기가 부모를 살릴 약수를 구하기 위해 서천서역 저승길을 홀로 떠난다는 이야기, 기억할 거예요. 자기를 버린 부모를 위해 고행을 자처하는 바리데기는 세상에 둘도 없는 용서와 포용의 존재라 할 수 있습니다. 방금 말했던 '먼저 손 내밀어서 문제를 풀어내는 사람'의 표상이라 할 수 있지요.

이 이야기에는 바리데기가 저승의 약수를 구해 와서 부모를 살리는 내용 말고도 인상적인 내용이 무척 많습니다. 그중 산속에서 어린 바리데기가 자기 자신과 대면하고 대화하면서 자기를 세운 일에 대해서 앞서 이야기했지요. 이제 그가 서천서역 저승으로 가는 길에 어떤 일이 있었는지를 잠깐 보려고 합니다.

약수를 구하러 나선 바리데기의 여행길은 참으로 멀고도 험난한 길이었습니다. 황량한 무인지경을 한없이 가야 했지요. 이야기는 그 상황을 다음과 같이 묘사합니다.

밤이 되면 사람 안 사는 곳에서 자다가 가고, 날이 저물면 가랑잎 속에서 자고도 가고, 바위틈에 끼어 앉아 졸고서도 갔다. 가다가 배고프면 나무 열매를 따 먹고 솔잎을 끊어서 씹어 먹었다.

나뭇가지 밑으로 가다가 미끄러져 자빠지기도 하고, 가시밭에 채여서 엎어지기도 했다. 얼마만큼 고생을 했는지 아래 가랑이가 삽살 개 털 모양으로 다 해어졌다.

이렇게 넘어지고 깨지기도 하면서 힘들게 길을 가던 바리데기는 어느 날 누군가를 발견합니다. 밭을 가는 할아버지와 빨래를 하는 할머니였지요. 얼마나 반가웠을까요? 바리데기는 급히 거기로 다가가서 말을 붙입니다.

"할아버지요, 백발노인 할아버지요. 서천서역으로 가려면 어느 길로 가야 됩니까?"

"할머니요, 서천서역을 가자면 어디로 갑니까?"

이렇게 반갑게 다가가서 길을 묻는 바리데기한테 할아버지와 할머니는 어떻게 했을까요?

"야야 내가 너르나 너른 밭을 갈기도 바쁜데, 너한테 서천서역 길을 가르쳐 줄 시간이 어디 있나."

"내가 이 빨래를 하기도 바쁜데 언제 길을 가르쳐 주겠나. 빨래하기

왜 주인공은 모두 길을 떠날까?

가 바빠서 못 가르쳐 준다."

귀찮다는 마음을 숨기지 않고 이렇게 바리데기의 말을 탁 뿌리칩니다. 참 냉정하기도 하지요. 저 머나먼 길을 그리 힘들게 헤쳐 온 저 아이를, 반가워서 얼굴 한가득 빛을 내며 다가오는 저 아이를 이렇게 매정히 내치다니요. 흰눈이와 빨간장미한테 눈을 부라린 난쟁이보다 못하면 못했지 더 낫다고 생각되지 않는 모습입니다.

보통 사람이라면 마음이 많이 상해서 화를 내며 떠나갈 만한 장면입니다. 그래요. 바보 한스라면 눈을 부라리면서 한마디 했을지 모르고, 흰눈이와 빨간장미라면 그냥 그러려니 하고서 가던 길을 갔을지 모르겠습니다. 그런데 이때 바리데기는 어떻게 했을까요?

"할아버지요, 그러면 그 밭을 제가 갈아 드리겠습니다."

"할머니요, 동지섣달에 얼음을 깨고 빨래를 하시니 손이 시려 어찌합니까. 제가 대신 해드리겠습니다."

바리데기는 이렇게 기꺼이 다가가 쟁기를 선뜻 손에 잡고, 빨랫감을 훌쩍 집어 듭니다. 자기 몸보다 큰 쟁기를 이끌고 소에 끌려가면서 넓디넓은 밭을 다 갈지요. 차가운 얼음물에 손을 적시며 흰 빨래를 검게 빨고 검은 빨래를 희게 빱니다. 빨래하는 사이에 노파가 잠든 걸 보고서 머리에 기어 다니는 이를 잡아 주고 서캐를 훑어 줍니다. 그리하라고 시키지도 않았는데 말이지요.

바리데기가 이렇게 먼저 다가가서 따뜻하게 손을 내밀자 모든 것이 달라집니다. 저 할아버지와 할머니는 언제 그렇게 냉정했었느냐는 듯 밝은 얼굴로 돌아와 바리데기의 손을 잡아 줍니다. 그리고 바리데기가 나아갈 길을 열어 줍니다. 잠깐 숨기고 있었던 본모습, 자애로운 신神의 모습으로 돌아와서 말이지요.

이 상황을 두고서 이야기 텍스트는 신들이 잠깐 엄한 모습으로 가장해서 바리데기를 시험한 것이라는 식으로 말하고 있지만, 나는 그 맥락을 좀 다르게 읽습니다. 저 할아버지와 할머니의 냉정한 모습은 바리데기를 시험하기 위한 잠깐의 가장이라 할 바가 아닙니다. 그것은 세상 사람들이 실제로 나타내 보이는 있는 그대로의 모습입니다. 살다 보면 저런 냉정하고 모진 상황과 수없이 부딪혀야 하는 법이지요. 그런 그들에게 자기를 다 버리고 다가가서 진심으로 끌어안자, 저들은 저렇게 자애로운 모습으로 변하는 것이었습니다. 바리데기가 스스로 그렇게 세상을 바꾼 것입니다.

신화는 바리데기가 걷고 또 걸어 도달한 먼 길의 끝에 생명수가 있었다고 말합니다. 하지만 바리데기의 저런 몸짓 하나하나가 바로 죽음을 생명으로 바꾸는, 어둠을 빛으로 바꾸는 생명수가 아니었을까요?

이러한 근원적인 손 내밂과 끌어안음이야말로 세상을 바꾸고 존재를 실현시키는 궁극의 방법이 아닐까요?

나 자신 저 바리데기는커녕 신선비 각시나 흰눈이, 빨간장미처럼 움직이지 못하고 있지만, 앞으로 그리해 나갈 자신도 잘 서지 않지만, 함께 되새겨 볼 화두로 이렇게 올려놓습니다.

6장.

이야기로
길 떠나기

길을 떠난 많은 주인공들을 만나 봤습니다. 홀연히 길을 떠난 주인공들이 보란 듯 자기 삶을 이루어 내는 일은 신 나고 감동적이지만, 우리 자신의 처지를 우울하게 비춰 주기도 합니다. 과연 우리는 제대로 가고 있는지 돌아보게 하며, 또는 언제나 돼야 저렇게 훌쩍 길을 떠날 수 있을지 묻게 합니다. 머물러 있어야 하는 이들한테는 다 허튼 다른 세상 이야기 같을 수도 있겠지요. 하지만 정말 문밖으로 걸어 나가야만, 비행기 타고 날아가야만 여행일까요? 그렇지 않습니다. 이제 앉은 채로 길을 떠나서 즐겁고 의미 있는 여행을 하는 방법과 만나 보기로 하지요.

떠났지만
떠나지 못한
사람들

유럽에 와서 여기저기 다니다 보니 캠핑카를 무척 많이 보게 됩니다. 커다란 밴 형태의 자동차 겸용 캠핑카도 있고 승용차 뒤에 매달아 끌고 가는 독립된 형태의 캠핑 트레일러도 있지요. 따로 대여해서 움직이는 경우도 있지만 캠핑카를 갖춘 집도 꽤 많은 것 같습니다.

　캠핑카 여행. 말만 들어도 멋지지요. 아무 데라도 가다가 마음에 들면 딱 멈춰서 자리를 잡으면 되니 모든 곳이 자기 자리가 될 수 있어요. 생각만 해도 낭만적인 풍경입니다. 얽매이지 않는 자유로운 여행이니 민담식 여행하고 잘 맞는 것 같습니다.

　이렇게 자유롭고 낭만적인 측면이 있지만, 한편으로 생각하면 캠핑카 여행이란 '집을 가지고 옮겨 가는 여행'이라는 생각도 해보게 됩니다. 크고 좋은 호화 캠핑카일수록 더 그러하지요. 안에 침대나 텔레비전은 물론이고 냉장고와 각종 편의시설을 훌륭하게 갖춘 캠핑카도 많다고 들었습니다. 그 정도라면 말 그대로 '집을 통째로 끌고 가는 것'이라 해도 되지 않을까요?

좀 엉뚱한 얘기지만 이런 건 제대로 된 떠남이 아니라는 생각을 해봅니다. 여행이라면 낯선 곳에서 불편함을 무릅쓰고 이리저리 부대끼면서 새로운 것을 경험하고 느끼는 것일 텐데 그럴 기회가 원천적으로 축소될 수밖에 없는 것이 캠핑카 여행입니다. 말하자면 그것은 숲을 여행하는데 자기 집을 들어서 숲 속에 가져다 놓고서 머무는 식이지요. 그래서야 제대로 된 숲 여행을 할 수 있을까요?

맞아요. 그러고 보니 '별장'으로 떠나는 여행도 꼭 이런 식인 것 같습니다. 모든 게 다 갖춰진 곳에 몸만 살짝 옮겨 가면 되니까 말이에요. 캠핑카 여행은 낯선 곳으로 자유롭게 움직여 가는 맛이 있고 일정한 불편을 감수하는 측면이 있는 데 비하면 정해진 별장으로의 여행이란 그런 새로움도 찾기 어렵습니다. "별장에 다녀왔다", "별장에 머물다 왔다" 이렇게 말하는 것은 가능해도 "별장으로 여행을 했다" 이렇게 말하는 건 통 맞지 않는다는 생각이 듭니다.

요즘 참 많은 사람들이 해외여행을 갑니다. 한때 단체 패키지여행이 대세인 적도 있었지요. 두어 번 그런 여행을 다녀왔는데, 여행이라고 하기가 참 민망한 것 같습니다. 딱 정해진 틀 속에서 안내자를 졸졸 따라다니면서 사진만 찍는 여행이라니, 혹시라도 옛이야기 주인공들이 와서 본다면 "저건 뭐하는 사람들이지?" 할 것만 같습니다. 그건 떠나서도 갇혀 있는 셈이니 진정 떠난 것이 아니겠지요.

꼭 패키지여행이 아니라 해도, 예를 들면 홀로 떠난 장기 배낭여행이라 해도 그 자체로 '진짜 여행'은 아닌 듯합니다. 만약 그것이 유명 관광지를 골라서 옮겨 다니며 '인증샷'을 찍는 여행이라면, 남한테 나 어디어디 다녀왔다고 자랑하기 위한 여행이라면 그 또한 '가짜'이겠지요. 몸은 떠났지만 진짜 떠났다고 보기 어렵다는 말입니다. 개중에는 남들이 안 가본 곳을 가보기 위해서 부지런히, 멀리 움직이는 여행자도 있습니다. 아주 특별한 인증샷을 올려서 부러움과 감탄을 자아내기도 하지요. 하지만 그 또한 '점찍기' 식의 행로라면, 남한테 과시하기 위한 행로라면 역시 참 여행으로서의 의미는 반감될 것입니다.

진짜 여행이란 어떤 것일까요? '나'를 내려놓고서, 모든 걸 내려놓고서 새로운 세상을 온몸으로 느끼는 것이 진짜 여행 아닐까요? 그것은 꼭 비행기 타고서 해외로 나가야만, 유명 관광지를 찾아가야만 가능한 것이 아닐 것입니다. 집 밖으로 조금만 걸어 나가도 정말 많은 것을 보고 느낄 수 있지요. 시시각각으로 자연이 변해 가는 모습, 골목길이나 시장에서 사람들이 부대끼는 모습, 이런 것들과 만나면서 의미 있는 무언가를 느끼고 얻는다면 그것도 하나의 훌륭한 여행일 것입니다. 우리가 찾아갈 수 있는 '숲'은 어디에도 있다는 뜻입니다.

왜 주인공은 모두 길을 떠날까?

옛이야기를 보더라도, 그 안에서 길을 떠났지만 실제로는 떠나지 못한 많은 이들을 보게 됩니다. 무의미한 헛걸음으로 돌아오는 이들이 많고, 망가져서 돌아오는 이들도 많습니다. 아예 돌아오지 못하고 주저앉는 이들도 많습니다. 어찌 보면 제대로 길 떠난 사람보다 이런 사람들이 더 많다고도 할 수 있을 것 같습니다. 주인공 주변의 수많은 사람들이 대개 이런 식이니 말이지요. 예컨대 젊은 용사를 따라간 종자들이나 얼간이 막내의 두 형, 바보 한스와 함께 움직였던 두 사냥꾼 등등이 그런 이들입니다. 그들은 집을 나서서 걸어가면서도 자기 안에 갇혀 있었기 때문에 참다운 그 무엇을 얻을 수 없었지요.

거기 비하면 아랫목에서 먹고 윗목에서 똥 누던 아이는 어떤가요? 뒷날 참깨나무를 커다랗게 키워서 큰 부자가 된 아이 말입니다. 그는 방 안을 쓸데없이 뒹구는 것처럼 보였지만 사실은 마음속으로 붕새처럼 넓은 세상을 날아다니고 있었지요. 집 안에 앉아서 세계 경영을 구상하고 있던 허생許生처럼 말입니다. 비록 몸은 집 안에 있어도 이들이야말로 진짜 여행을 하고 있었던 것이 아닐까요?

지금 어디에 있는지가, 또는 어디로 얼마나 멀리 움직이는지가 중요치 않다는 말입니다. 진정으로 움직이고 있는가 하는 게 관건이지요. 어떤가요? 지금 '나'는 진정으로 움직여 가고 있나요?

'진짜 이야기'들과 떠나는 행복한 여행

인생이 하나의 큰 여행이라 할 때, 그 여행은 언제 어디서든 계속되는 중이라 할 수 있습니다. 바로 지금 이 순간에도 말이지요. 어떤가요? 지금 여러분이 이 책을 읽으면서 나아온 것은 '여행'이 아니었던가요?

나는 차를 타거나 비행기를 타고서 장소를 옮겨 가는 식의 여행에는 전문가가 아닙니다. 그런 여행을 그리 잘하는 사람도 못 되지요. 한 가지 남들보다 잘할 수 있는 것이 있다면 그것은 바로 '이야기'를 통한 여행입니다. 어떤 이야기를 통해서 어떻게 여행을 할 때 재미와 가치를 찾을 수 있는지, 이에 대해서는 여느 사람들보다 조금 더 많은 이야기를 할 수 있지요. 이제 그 이야기를 해볼까 합니다.

이야기로 떠나는 여행에 대해서 먼저 얘기할 수 있는 것은, 그게 정

왜 주인공은 모두 길을 떠날까?

말로 쉽고 편안하면서도 재미와 의미로 충만한 최고의 여행이라는 사실입니다. 나름대로 적지 않은 세월 동안의 경험을 통해 그것을 실감해 왔고 이제는 그것을 온전히 확신하고 있습니다. 이야기를 통해 정말 많은 것을 느끼고 배웠지요. 저 어린 시절에 서울행 차를 타지 않았다면 지금의 내가 없었을 것처럼, 옛이야기와 만나서 그 세계로의 여행에 나서지 않았다면 지금의 나는 없을 것입니다.

이야기로 여행을 떠나고자 할 때, 어떤 이야기와 만나는가 하는 게 아주 중요하겠지요. 세상에 이야기는 참 많고도 많습니다. 특히 요즘은 그야말로 스토리가 차고 넘칠 정도입니다. 인터넷만 잠깐 접속해 봐도 미처 다 감당 못 할 수많은 이야기들로 꽉 차 있지요. 문제는 그들이 다 의미 있는 좋은 이야기는 아니라는 사실입니다. 엉터리 이야기, '가짜 이야기'가 수두룩합니다. 차라리 없는 것만 못한 이야기들도 있지요. 헛웃음을 낳는 공허한 말장난 이야기, 말초 신경을 자극하는 소모적인 이야기, 내용 없이 기교와 허세만 가득한 이야기, 앞뒤가 안 맞게 억지로 꿰맞춘 이야기, 거짓된 과장으로 사람을 속이는 이야기 등등이 대개 다 그러합니다. 물론 거기서도 의미를 찾자면 찾을 수는 있겠지만, 피곤하고 힘든 일이지요. 여행으로 비유하자면 소음과 공해로 가득한 오염 지역을 헤매는 일과 비슷하다고 할 수 있습니다.

그렇다면 어떤 이야기가 좋은 이야기, 또는 진짜 이야기일까요? 얼핏 마음을 따뜻하게 하는 '미담美談'을 찾으면 되겠다고 생각할 수 있으나, 꼭 그렇지만도 않습니다. 말은 미담이지만 실은 속이 텅 빈 가짜 이야기도 많습니다. 의도적인 꾸밈이나 과장으로 겉만 아름답게 감싼 이야기가 있고, 은연중에 진실을 호도하거나 모순을 은폐하는 이야기도 있지요. 이런 이야기는 처음에는 마음을 쏙 끌어당기지만 머지않아서 차차 마음이 멀어지기 마련입니다.

'진짜 이야기'란 어떤 것인가 하면, 무엇보다도 삶의 진실을 오롯이 담아낸 이야기라 할 수 있습니다. 그를 통해 인간과 세상의 본원적 가치를 발현할 수 있어야 하지요. 하지만 그런 가치 요소가 설교적인 방식으로 제시된다면 그건 제대로 된 이야기라 할 수 없습니다. '서사'를 통해서 의미가 자연스레 살아나야 좋은 이야기라 할 수 있지요. 어떻게 해야 그런 자연스러운 우러남이 가능한가 하면, 원형적 상징을 함축한 이야기 요소들이 제대로 갖춰져 있어야 하고 그것이 앞뒤가 꼭 맞게 결합되어야 합니다. 더할 것도 없고 뺄 것도 없을 정도로 말이지요. 그런 이야기란 '기술'을 통해 만들어지는 것이 아니라 삶의 밑바닥으로부터 흘러나와 응축되는 것이라 할 수 있습니다.

그런 진짜 이야기에 어떤 것들이 있느냐면, 무엇보다도 '옛이야기'가 바로 그들이라 할 수 있습니다. 세계의 수많은 신화나 전설, 그리고 민담은 삶에서 자연스럽게 흘러나온 이야기이며 오랜 세월을 거쳐 수많은 사람들에 의해 가다듬어져 온 '검증된 이야기'들이지요. 얼핏 보기에는 말이 안 되는 것처럼 보이고 허황해 보이기도 하지만, 자꾸 보면 볼수록 깊은 재미와 진정한 의미를 발견하게 됩니다. 이 책에서 다룬 여러 옛이야기들도 바로 그런 이야기들이라 할 수 있지요. 옛이야기는 정말로 '진짜 이야기들의 보물 창고'라 할 만합니다.

문제는 옛이야기들이 다 똑같은 가치를 지니는 것은 아니라는 사실입니다. 이야기마다 성격이 다르고 같은 이야기도 전하는 사람마다 천차만별이지요. 제대로 내용이 갖춰진 것이 있는가 하면 앞뒤가 통 안 맞는 것도 많습니다. 거기서 옥석玉石을 가려야 하는 셈인데 이게 쉬운 일은 아닙니다. 옛이야기라는 게 생각보다 속내가 잘 들여다보이지 않거든요. 이는 옛이야기가 얼핏 거칠고 종잡을 수 없는 내용을 툭툭 던지는 식의 꽤나 불친절한 양식이기 때문에 더욱 그러합니다. 그 안에 담긴 보배 같은 의미를 발견하려면 이야기에 대한 예민한 감각과 직관력이 필요하지요.

진짜 이야기를 알아보고 거기 담긴 재미와 의미를 꿰뚫어보는 감각. 이는 처음부터 타고날 수도 있겠지만, 많은 경험을 통해서 키워 나갈 수 있습니다. 이야기를 많이 접하고 이야기와 더불어 놀다 보면 자연스럽게 그런 감각을 익힐 수 있지요.

그런데 경험상으로 보면 그게 꽤 많은 시간과 노력을 필요로 하는 것 같습니다. 수많은 이야기들을 널리 찾아보고 이리저리 들추면서 따져 보고 분석하는 작업을 하여도 이야기가 잘 와 닿지 않고 속내가 보이지 않는다는 말을 자주 듣습니다.

이에 대해서 한 가지 노하우가 있다면, 같은 이야기를 반복 경험하는 일이 유용하다고 할 수 있습니다. 보면 볼수록 새로운 재미와 함께 전에 몰랐던 깊은 의미가 드러나는 것이야말로 옛이야기의 커다란 매력이라 할 수 있지요. 한번 살펴보고서 아무것도 아니군, 하고서 지나치면 절대 누릴 수 없는 수많은 의미 요소들이 옛이야기 속에 많이 깃들어 있습니다. '그 안에 분명 무언가가 있다.' 이런 믿음을 가지고 거듭해서 살펴보면 옛이야기는 그런 믿음을 거의 배반하지 않을 것입니다.

그런데 같은 이야기를 보고 또 본다는 것은, 또는 반복해서 듣는다는 것은 막상 쉬운 일이 아닙니다. 그리 즐거운 일도 아니지요. 그렇다면 이야기들과 거듭 만나면서 친해질 수 있는 다른 좋은 방법이 없는 걸까요?

왜 아닐까요! 그런 좋은 방법이 있습니다. 옛이야기를 자기 것으로 만드는, 옛이야기에 대한 감각을 키워서 그 심층적 속내까지 자연스럽게 체득하게 되는 아주 좋은 방법이요. 그게 무엇인가 하면 바로 옛이야기를 '이야기하는' 것입니다. 이야기란 여러 번 듣는 것보다 한두 번 해보는 것이 더 효과적입니다. 같은 이야기를 열 번 넘게 듣고도 잊어버리기 십상이지만, 다른 사람에게 몇 번 들려준 이야기는 잘 잊히지 않는 법이지요. 단순한 '기억'의 문제만이 아닙니다. 스스로 이야기를 펼쳐 내다 보면 이야기에 담긴 이치들을 자연스럽게 깨우칠 수 있게 됩니다. 왜 앞뒤가 그렇게 이어지는지, 거기 어떤 뜻이 담겨 있는지, 이야기의 포인트는 어디인지, 이 모든 것들을 말이지요. '이야기하기'는 이야기와 친해지면서 이야기 감각을 키워 나가는 데 있어 그야말로 '왕도'라 할 만합니다.

덧붙여서 말하면, 이야기는 듣는 것 이상으로 말하는 것이 더 재미있습니다. 같은 이야기를 여러 번 들으면 재미가 없지만, 들려주는 것은 다릅니다. 같은 이야기를 열 번, 백 번 들려줘도 여전히 즐겁습니다. 듣는 이가 달라지고 그들이 긍정적인 반응을 보인다면 말이지요. 누군가 나의 이야기를 듣고 즐거워하거나 감동하는 것만큼 기분 좋은 일은 아마도 그리 많지 않을 것입니다. 나 자신도 즐겁고 듣는 사람도 즐거우며, 이야기를 주고받는 과정에 깨닫고 배우는 것도 많으니 그야말로 일석삼조라 할 수 있습니다.

이야기 자체를 들려주는 일 못지않게 '이야기에 대한 이야기'를 들려주는 것도 즐겁고 의미 있는 일이라 할 수 있습니다. 지금까지 이 책에서 내가 해온 일이 바로 그런 일이지요. 어떤가 하면, 이렇게 옛이야기에 대한 이야기를 풀어내는 과정은 참으로 즐겁고 충만한, 하나의 행복한 여행이었습니다. 이야기를 풀어내는 과정에서 새로 느끼고 배운 것도 많지요. 아마도 옆에서 누가 봤다면 몸에서 빛이 나는 것을 느꼈을지도 모릅니다. 이렇게 이야기를 하면서 살 수 있다는 것은 얼마나 고맙고 행복한 일인지요! 많은 이들이 그런 행복을 느낄 수 있다면 참 좋겠습니다.

끝으로 한 가지 하고 싶은 말은 이야기란 '들어주는 사람'이 있어야 살아날 수 있다고 하는 것입니다. 서로 자기 이야기만 하려 하고 들으려는 사람이 없다면 이야기는 허공에서 무의미하게 헛돌 수밖에 없겠지요. 내가 다른 사람의 이야기를 귀 기울여 들어주어야 누군가 나의 말을 들어줄 이들도 생기게 되는 법입니다. 서로 열심히 이야기를 하고 귀 기울여 들어주는 풍경. 정말 아름답고 행복한 모습 아닐까요? 그렇게 주고받는 이야기들 속에 '옛이야기'들이 한몫을 당당히 차지하면 참 좋겠다는 것이 나의 작고도 큰 바람입니다.

나의 이야기는 여기까지입니다. 긴 이야기를 끝까지 들어준 것에 무한한 감사의 마음을 전합니다. 즐거운 여행이었다면 정말 좋겠습니다.

이제 여러분 순서입니다. 여러분이 이야기를 만들어 갈 시간입니다. 자, 길을 나서야지요!

아우름03

왜 주인공은
모두 길을 떠날까?

1판 1쇄 발행 2014년 12월 24일
1판 18쇄 발행 2024년 10월 25일

지은이 신동흔
펴낸이 김성구

콘텐츠본부 고혁 양지하 김초록 이은주 류다경
디자인 이영민
마케팅부 송영우 김지희 김나연 강소희
제작 어찬
관리 안웅기

디자인 NOSTRESS 민유경

펴낸곳 (주)샘터사
등 록 2001년 10월 15일 제1-2923호
주 소 서울시 종로구 창경궁로35길 26 2층 (03076)
전 화 1877-8941 **팩 스** 02-3672-1873
이메일 book@isamtoh.com **홈페이지** www.isamtoh.com

ISBN 978-89-464-1888-2 04800
ISBN 978-89-464-1885-1 04080(세트)

값은 뒤표지에 있습니다.
잘못 만들어진 책은 구입처에서 교환해 드립니다.